作家たちの遺香

ー所縁の家を訪ねてー

文・写真　宮本和義

似顔絵　筆者

作家たちの遺香　目次

聴禽書屋　斎藤茂吉旧居　★町指定文化財

山形県北村山郡大石田町大石田乙
大石田町立民俗資料館敷地

聴禽書屋（ちょうきんしょおく）は、歌人・斎藤茂吉が昭和21年2月から22年11月まで疎開で住んだ寓居で自らの命名である。この家は二藤部兵衛門家の隠居所（離れ）として、現在地に昭和8年（1933）に竣工したもので二藤部家は地元の素封家である。派手さのない質実な家は施主の品性も伝えており、創作活動には格好の大きさの空間である。小さな庭も美しい。二藤部家の母屋は解体されている。茂吉の歌集の中に

梟な　こゑを夜ごとに　聞きながら
聴禽書屋に　しばしば目ざむ

の一首がある。夜分に梟の声を聴きながら、灯火に書を親しむ茂吉の快適そうな日々が想える。昭和24年にこの大石田時代の歌を集めた「白き山」が岩波書店から出版されている。訪ねたのは晩秋の暮れ方で、部屋に座しているとひんやりとした弱い冷気があり、より静謐な空間に感じられた。

2018.10撮影

最上川の
上空にして
残れるは
いまだうつくしき
虹の断片

「白き山」より

建物は木造二階建、外壁は下見板張り縦押縁押え。
内部は過美でない丁寧で上質な造作である。

取材協力：大石田町立歴史民俗資料館

斎藤茂吉（さいとう　もきち）　歌人

明治15年5月14日～昭和28年2月25日（1882―1953）

守谷伝右衛門熊次郎の三男として山形県上山市に生まれた。家は経済的余裕がなく東京・浅草にいる同郷の跡継ぎのない精神科医・斎藤紀一の養子候補として上京。明治38年（1905）斎藤家に婿養子として入籍。医師となり31才の時、紀一の次女・輝子と結婚して婿養子となった。

中学時代に佐々木信綱の「歌の栞」を読んで短歌の世界に入り、友人たちの勧めで創作を始めた。高校時代に正岡子規の歌集「竹の里歌」に感動し、歌人を志して伊藤左千夫の弟子となる。この年に東大医学部入学。文才に優れ良質な随筆なども残している。

芥川龍之介は一番小説を書かせてみたい人は誰かと訊かれて、即座に斎藤茂吉と答えたという。茂吉は「歌は業余のすざび」と称して精神科医を本来の生業とする姿勢は崩さなかったというが、息子の北杜夫（次男宗吉／医師・作家）は「9割は文学に打ち込んでいたと思う」といい、父の性格上、口説療法を主とする診察は苦手であったはずとの見解を述べている。茂吉の性格は、癇癪持ちで破天荒、妻の輝子は発展家の活発な女性で茂吉と衝突も多く、長く別居していた時期もあったという。

◆主な作品（発刊年）

1916　短歌私鈔　白日社
1921　あらたま　春陽堂
1942　伊藤左千夫　中央公論社
1943　のぼり路　岩波書店
1946　つよもじ　〃
1949　白き山　〃
1950　ともしび　〃

斜陽館　太宰治生家（旧津島家住宅）

青森県五所川原市金木町　★国指定重要文化財

太宰治は明治42年6月19日にこの家で生まれた。津島家は木綿問屋や金貸し業を営みながら財を築いた。太宰治の父・源右衛門は県会議員、衆議院議員であった。太宰治（津島修治）は源右衛門と母・タネ（たね）の六男として生まれた。長男と4番目は早逝している。母は病弱だったので修治は乳母らにより育てられた。

新興地主で地方政治家のいかり肩の暮らしと小作人たちの悲哀を見せられ「ぼくは地主の家に生まれた自分がいやでたまらなかった・・」と知人の白川兼五郎に語っている。成り上がりの金持ちに過ぎないと実家を見ていたようだ。津島家は、旧対馬国から日本海を渡って津軽に定住した一族であるとする伝承もあり、菩提寺南台寺の墓碑でも祖先は対馬姓となっているという。

太宰は、中学進学に伴い大正12年に青森市へ転居するまでこの家で暮らした。中学入学直前に父親が死去。その後共産党の非合法活動に協力したり、何度か心中を繰り返したため郷里から勘当された。勘当が解かれてこの家に戻れたのは昭和17年母・タネが死んだ後のことである。

正面外観　2011.08撮影

富豪たらんとして津島源右衛門は明治39年から邸宅の建設に取り掛かり、一年半かかって金木銀行の本店を兼ねた建坪一五〇坪の二階家を完成させた。建物には高さ４ｍほどの赤煉瓦塀が廻っている。外観は入母屋造、瓦葺、妻入である。内部は和洋折衷でのちに旅館になったため撮影当時は一部増改築の後もあった。基本的には一階が店（銀行・帳場）と家族の居室等11室。二階は接客用空間を主に8室だった。玄関を入ると三間幅の通土間が裏に抜けている。仏間の隣室の襖を開けると洋風階段があり二階には二間続きの天井の高い洋間と次の間付の金襖の座敷があった。藏も三棟あった。太宰は作品の中でこの家を「ただ大きいだけの風情も何もない家・・」と「苦悩の年鑑」に書いている。太宰の見識は納得できるもので、この家に限らず、往々にして当時の豪邸と言われる家の基礎材は「見栄」と「派手」であろうかと私も思う。

洋風の階段室と二階廊下　1987/2011
明治になり家々は洋風化が進み地方民家までその波は達して和風家屋に小さな洋館が付くといった文明開化的住宅建築が増えた。

太宰の死後の昭和25年に津島家はこの家を売却。町内の旅館経営者が買収し太宰治文学記念館を併設した旅館として転用され、小説「斜陽」から「斜陽館」と命名されて多くの太宰ファンが宿泊に訪れた。喫茶店も併設されていた。

私は三度この家を訪ねている。最初は建築雑誌の取材で、棟梁・堀江佐吉の仕事を巡った昭和62年の冬である。堀江佐吉は地元でもまだ認識が薄かった。館はやや老朽化も見られたが旅館として健在だったが観光客が大勢押し寄せるようなことはなく、静かな佇まいだった。館の人は建物の先行きを案じて、同行の大学教授に意見を求めた。後にこの家が国重文になろうとは予想しなかったが、教授の助言は現在の活況をもたらしたはずである。二度目は平成11年の夏と記憶する。最後は平成23年晩夏。館は国重文になり建物は華やでいたが、かつての佇まいは消えて館の前には観光施設もできて多くの観光客が往来していた。

上写真　二階座敷　1987撮影

取材協力：五所川原市教育委員会

太宰　治（だざい　おさむ）本名・津島修治　小説家

明治42年6月19日―昭和23年6月13日
（1909―1948）

昭和5年（1930）フランス文学に憧れて東大に入学するがほとんど講義に出ず留年を繰り返した上、授業料未納で退学。昭和8年に同人誌「海豹」に参加。昭和10年「逆行」を発表し芥川賞候補になるが落選、選考委員の川端康成に私生活を否定され文芸誌上で反撃した。俳句も多く詠んでおり小説の中にも登場させている。昭和4年自殺未遂、昭和10年心中未遂（女は死亡）、昭和12年心中未遂、そして昭和23年6月13日、愛人・山崎富栄と玉川上水で入水心中した。二人の遺体は6月19日に発見された。太宰の誕生日であった。享年39歳。

◆主な作品「走れメロス」「津軽」「斜陽」「人間失格」など。

病む妻や
とゞこほる雲
鬼すゝき

棟梁・堀江佐吉（ほりえ　さきち）

弘化2年2月3日―明治40年8月18日
（1845―1907）

この家を設計したのは弘前の棟梁・堀江佐吉である。佐吉は津軽に多くの明治擬洋風建築を残した棟梁で、弘前市内には「青森銀行記念館（旧第五十九銀行本店／国重文）」他、幾つかの作品が現存している。津島家建設時佐吉はすでに病床にあった。直接手がけたのは佐吉の四男の棟梁・斉藤伊三郎である。佐吉はこの家の竣工を見ずに明治40年に没した（享年62才）ため、明治42年生まれの太宰との面識はない。

蛙詩人の生家　草野心平生家

福島県いわき市小川町上小川字植ノ内6－1

心平が16才で上京するまで暮らした家だが、現在のものは心平が最後に住んだ昭和21年～23年（1946～48）頃の戦後間もない時期の姿をモデルに修復されたものである。したがってややモダンな近代住宅建築の顔をしているが「かって＝土間」にカマドなど昔の様子もよく残している。

2021.07撮影

開口部が大きく光満ちる座敷

床の間は近代和風住宅らしくシンプルで好ましい

●天山文庫

福島県双葉郡川内村

大字宇上川内字早渡513

竣工／昭和41年（1966）

設計・山本勝巳

蛙の詩人とも呼ばれた草野心平はモリアオガエルが縁で川内村との交流が始まり昭和35年（1960）に名誉村民となり蔵書約三百冊を村に寄贈。その保管場所にと文庫建設の話が持ち上がった。発起人に井上靖、川端康成、武者小路実篤、山本健吉ら文人たちが名を連ねた。設計は心平と交流のあった建築家・山本勝巳（1905-1991）で、氏は俳優・山本学、圭、亘の実父であり映画監督・山本薩夫は実弟。

蛙の詩　**春のうた**

蛙は冬のあいだは土の中にいて

春になると地上に出てきます

そのはじめての日の歌

ほっ　まぶしいな。
ほっ　うれしいな。

みずはつるつる。
かぜはそよそよ。
ケルルン　クック。
ああいいにおいだ。
ケルルン　クック。

ほっ　いぬのふぐりがさいている。
ほっ　おおきなくもがうごいてくる。
ケルルン　クック。
ケルルン　クック。

草野心平（くさの　しんぺい）　詩人　福島県いわき市生まれ
明治36年5月12日－昭和63年11月12日（1903～1988）

5人兄弟の次男として生まれた。兄・草野民平も弟・天平も詩人である。心平は宮沢賢治の影響があるが、蛙の詩人といわれるほど生涯にわたって蛙をテーマとした。蛙の鳴き声は様々なオトマトベ（擬音語）で表現されている。また前衛的な試みも行われ「冬眠」は黒丸一文字のみで最も短い詩と言われる。蛙について心平は「第百階級」のあとがきで「僕は蛙なんぞ愛してゐない」とある。

「第四の蛙」の覚え書では蛙についての詩作をやめようと思ったこともあったと記している。昭和23年の「定本　蛙」を出したいきさつについて「もう蛙も年貢の納めどきだろ」と語っている。

しかしその後も蛙の詩を創り続けた。「第四の蛙」の最初のあとがきである「覚え書Ⅰ」は昭和36年1月に書かれ、10月に「覚え書Ⅱ」が書かれた。この間に8篇の詩集が書かれている。その後も蛙の作品を創った。覚え書は「Ⅳ」で終結したといいながらも「蛙に関する詩がこれで終わったとは言い切れないような気がする」とも書いている。その後も蛙に関する詩は有り最後の詩集「自問他問」にも2篇の詩「かへるのコはかへる」「性・性」がある。蛙の詩以外にも、生涯にわたってテーマとした「富士山」等の多くの作品がある。

取材協力：草野心平記念文学館／川内村教育委員会

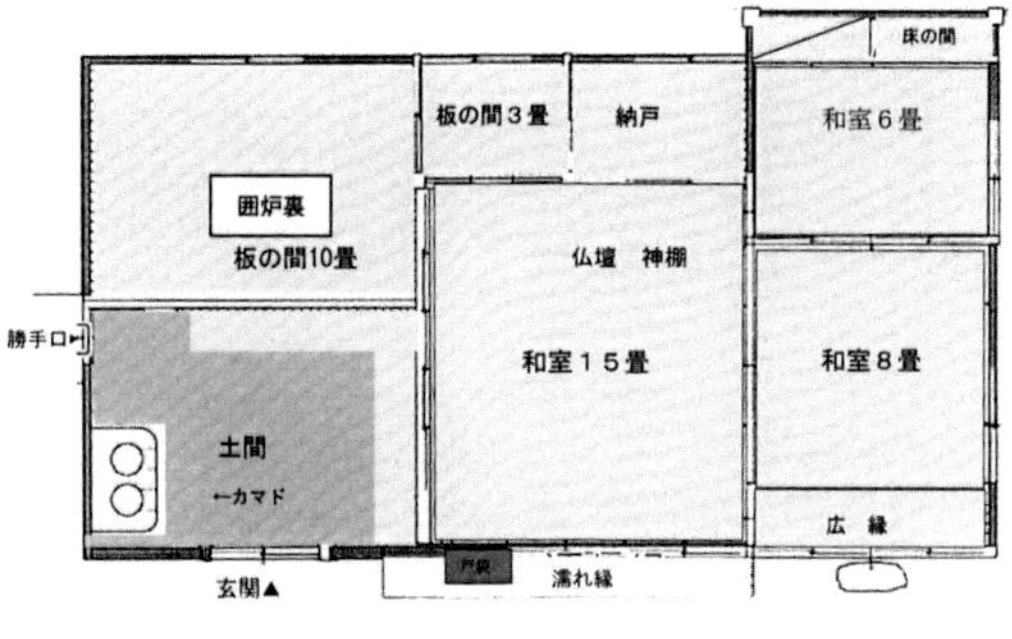

草野心平生家間取り

古河の店蔵

永井路子旧居　茨城県古河市中央町2―6―52　竣工／江戸末期

実家は古い商家の風情を良く残す店蔵である。永井路子は3才～20才までをこの家で暮らした。永井八郎治がお茶の販売をする目的でこの家を取得したものとみられている。外壁が緑だがこれは明治後期に塗られたものという。昭和初期の見取り図では使用人部屋などもあり、現状より大きかったことが見て取れる。

2023.02撮影

箱階段には商売用の道具などが収納されていたようである

上　庭側外観
土蔵造の固い表情では無く柔らかい木造住宅の顔をしている

下　個室
棹縁天井の質実で過不足の無い親しめる雰囲気の造作である

2023.02撮影

取材協力：古河文学館

永井路子（ながい　みちこ）　本名：黒板擴子（くろいた　ひろこ）

大正14年3月31日―令和5年1月27日（1925―2023）東京都文京区本郷生まれ
実父は来島清徳、母は声楽家の永井智子。実父は生後数年で死去した。母は一人娘だったため、母の実家を継ぐ目的で大叔父の永井八郎治の長女として入籍した。

3歳の時、茨城県古河町（現・古河市）に転居して古河高等女学校卒業までを当地で過ごす。昭和24年（1949）に後に歴史学者として活躍した黒板伸夫と結婚。同年小学館入社。有能な編集者として活躍する。担当した作家には松本清張らがいた。

「近代説話」の同人になり歴史に対する独自の視点で作品を同誌に発表した。

近代説話の発起人だった司馬遼太郎はこの雑誌をやめたいと言っていたが、彼女が直木賞を取るまでは続けようと考えていたという逸話がある。

昭和36年（1961）に小学館を退社して執筆に専念する。昭和39年（1964）に鎌倉幕府創成期を描いた「炎環」で直木賞受賞した。これは大河ドラマ「草燃える」の原作でもある。平成7年（1995）戦後50年を期して歴史小説の断筆を宣言した。

令和5年1月27日東京にて97才の天寿を全うされた。

◆主な作品
「北条政子」講談社／1969　「新今昔物語」朝日新聞社／1971
「平家物語の女性たち」新塔社／1971　「雪の炎」毎日新聞社／1972」
「悪霊列伝」毎日新聞社／1977　「流星　お市の方」文芸春秋／1979
「山霧　毛利元就の妻」文芸春秋社／1992
「美女たちの日本史」中央公論社／2002

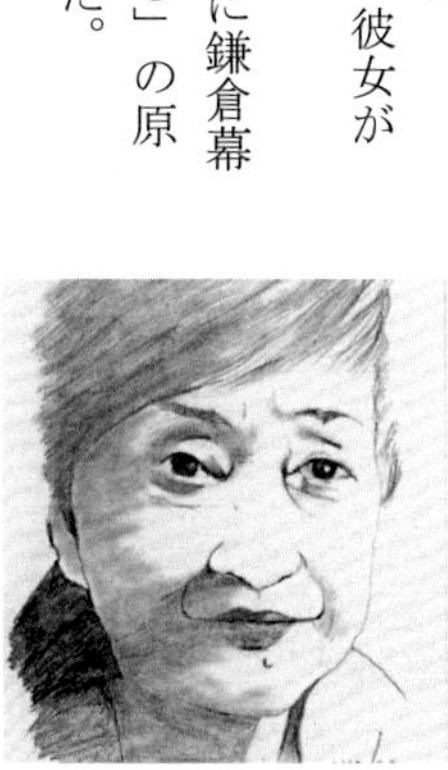

須浦の生家　佐久良東雄生家

茨城県石岡市浦須314-1　★国指定史跡

東雄が幼年期を過ごした生家は、宝暦～天明頃（江戸後期）の竣工と推定され天保5年（1834）頃に一部改造が行われて、その後も大小の修理がされながら、今日まで旧態を残し、民家としての高い価値が認められている。屋敷は元は恋瀬川付近にあったが、氾濫のため現地に移築されたと伝わるがその史料はない。家は静かな須浦大地にあり、緑の生垣に囲まれた風情ある姿を見せている。正面に茅葺の長屋門があり、中庭を隔てて茅葺平屋の母屋がある。母屋は桁行は8間半、梁間4間半、寄棟造。内部は右側は土間、左側は田の字型の配置の部屋がある。

現在も子孫が暮らされており、内部の一部を拝見させて戴いたが、現在の暮らしに添った姿で、古風な空間は僅かであった。しかし、長屋門と母屋の立派な茅葺屋根が重なる風景は、貴重な日本の里の風景を今に伝えている。

2023.02撮影

佐久良東雄（さくら　あずまお）本名・飯島吉兵衛

文化8年3月21日—万延元年6月27日（1811-1860）

国学者、歌人、尊王攘夷の志士。常陸國新治郡浦須村（現・石岡市）出身。石岡市（旧新治郡浦須M村）の郷士・飯島平蔵の長男として生まれる。生家の飯島家は名主と鍛冶屋を兼業してきたが、明治初年頃に鍛冶屋を廃業している。東雄は幼少の頃から文学の才に富み、日本の古典を学び、勤王の志を深めたという。9才で下林村の観音寺に入り住職・阿闍梨哉の弟子となる。「万葉法師」との別名もあった康哉に万葉和歌を学んだ。15才で得度して法名を良哉、字を高俊と改名した。天保3年（1832）康哉の死後に観音寺第二十八代住職となる。天保6年には土浦の善応寺の十八代住職となる。土浦転居頃から東雄と号して歌人として知られるようになった。天保13年（1838）善応寺住職を辞して江戸に出て平田篤胤に国学を学ぶ。弘化元年（1844）水戸藩奥医師・鈴木玄兆の娘・輝子と結婚し二男二女を儲けた。東雄は各地で尊王論を遊説した。万延元年（1860）年、桜田門外の変に参加した水戸浪士たちを支援し、大阪に逃れてきた高橋多一郎らをかくまって同志と共に逮捕され投獄され、4月には江戸伝馬町の牢獄に移送されて獄中で死亡。享年50才。歌人としては多数の和歌、長歌を残しており、天保11年（1840）には歌集「はるのうた」を自費出版している。昭和初期には東雄の評価が高まり、昭和17年には愛国百人一首の八十番に東雄の以下の歌が採用されている。

天皇に仕へまつれと我を生みし我たらりねぞ尊かりける

（天皇にお仕えせよと私を生んで下さった私の母はなんと尊いひとであろうか）

生家母屋

取材協力：飯島家

雨情茶屋離れ　野口雨情終焉の家

栃木県宇都宮市鶴田町字長峰1744-28
竣工／昭和5年（1930）頃　★国登録文化財

疎開と療養のため昭和18年～20年まで住み、20年1月27日にここで没した。家は、元は河内郡姿川村鶴田の農地開墾に従事した中田秋治宅である。木造平屋、桁行6間、梁間4間、建坪24坪居室4室と台所、浴室の簡素な家だが、欄間などに凝った部分も見える。「雨情茶屋離れ」の名称はこの家の敷地が「雨情茶屋」という和菓子店の敷地にあったことに由来する。今は建物前は駐車スペースであり、辺りは煩雑な街の街道沿いで風情はないが、小山を背負う家は当時はのどかで良い景色だったのだろう。雨情はここでは詩作はほとんどしなかったといわれる。徐々に病状は悪化して、縁側で日向ぼっこをしながらもの思いにふけることが増え、ついには中風で口もきけなくなった。鶴田時代に作った作品が二点ある。左の詩は近所に主人が戦地で病死したと訊いて書いたものである。

夜明け頃やら羽黒山あたり朝の朝日ほのぼのと
国のほまれが靖国の神とまつらる益荒夫は

家の中はには入れなかった。老朽化のため危険とのこと。仕方なくガラス戸越しに内部を覗き見ながら写真を撮る。内部も質素で好ましく思えた。玄関ドアも簡素なものである（左写真）。雨情の死後はつる夫人が一男五女を育てながら、昭和30年までこの家を守ったという。

2023.01撮影

取材協力：宇都宮市教育委員会

●**生家**　茨城県北茨城市磯原町磯原73　★県文化財

明治10年（1877）頃、父・野口量平によって建てられた木造二階建で延床面積50・57坪。雨情は15才で上京するまでここで暮らした。野口家は、水戸藩第二代藩主・徳川光圀が逗留し「観海亭」と名付けるなど水戸徳川家との縁も深く、現在は資料館となって古文書なども保管されている。３・11の震災では屋根の一部だけの被害に留まり、関係者の懸命の復旧作業の結果、２ヶ月後の５月１日より生家、隣接する資料館共に開館された。

写真は街道沿いからの遠望

●童心居

東京都武蔵野市・井の頭公園

雨情は大正13年（1924）から昭和19年（1944）の20年間にわたって吉祥寺に住んでいた。本宅の敷地内に「離れ」として建てられた書斎を移築、公開したものである。

野口雨情（のぐち　うじょう）本名・野口英吉　詩人、作詞家

明治15年5月29日－昭和20年1月27日（1882-1945）

廻船問屋を営む名家の長男として生まれた。早稲田大学に入学し坪内逍遥に学ぶが一年余りで中退、詩作を始める。父の事業失敗と死により家督を継ぐが、この時に家の没落を防ぐために栃木県の資産家の娘と政略結婚。この頃処女民謡詩集「枯草」を自費出版。その後北海道で「小樽日報新」の記者となる。同僚に石川啄木がおり交友を結ぶが間もなく退社。啄木とは僅か一ヶ月足らず机を並べただけに終わる。北海道で６つの新聞社を転々とする。大正３年、痔の湯治でいわき湯本温泉を訪れ置屋のおかみ・小すみ（本名・明村まち）と深くなり３年半ほど暮らす。この間に妻と協議離婚し二児を引き取った。大正７年水戸で中里つるという女性と再婚。詩の創作活動を開始した。

大正８年詩集「都会と田園」により詩壇に復帰、斎藤佐次郎により創刊された「金の船」に童謡を次々と発表。藤井清水、中山晋平、本居長世らと組んで多くの名作を残し、北原白秋、西條八十と共に童謡界の三大詩人と謳われた。童謡と共に盛んになった新民謡＝創作民謡にも力を注ぎ、昭和10年には日本民謡協会を再興、理事長に就任している。昭和18年軽い脳出血で倒れて療養に専念。昭和20年に疎開先の宇都宮市近郊で死去、享年62才。

◆主な作品「あの町この町」「船頭小唄」「シャボン玉」
「兎のダンス」「波浮の港」「雨降りお月さん」

沼田の商舗　生方たつゑ旧居

群馬県沼田市西倉内町・沼田公園内
竣工／江戸後期　★国指定重要文化財

間宮たつえが嫁いだ生方家は沼田藩御用達の商家（薬種業）で屋号は「ふぢや」。通りの角にあったため「かどぶち」と呼ばれた。たつゑは大正14年（1925）に日本女子大を卒業した年にこの生方家に嫁ぎ、義母に「この家が貴女の墓場」といわれて死ぬまでその言葉に従いこの旧家を守り通した。

家は東日本で最古級の町屋造の商家建築である。平入の建物の正面に蔀戸を持つ店を構えその奥に座敷や居間が続き、西側に大戸から裏に抜ける通り庭（土間）を持つ商家の典型的な平面構成で、「家傳龍王調生湯」と薬名の書かれた大きな突き出し看板や薬百味箪笥なども残されている。

切妻造、板葺石置屋根、桁行18・9ｍ、梁間11・４ｍで元は上之町にあった。全国的にも貴重な江戸期の商家建築である。2023.03撮影

上　正面外観
下右　三の間から二の間、一の間を見返す
左　薬百味箪笥

生方たつゑ　本名・たつへ（旧姓・間宮）　歌人

明治38年2月23日―平成13年1月18日（1905―2001）

三重県宇治山田宮後（現・伊勢市）生まれ。宇治山田高等女学校（現・宇治山田高校）を経て日本女子大学家政科卒業。

群馬県沼田市の薬局「角藤」を経営する生方家に嫁ぐ。夫は国家公安委員で沼田市長も務めた生方誠（せい）で生方家第29代当主。千葉医科大学卒の医師でもあり演劇愛好家だった。

伯父には随筆家の生方敏郎がいる。伯父の紹介により今井邦子に師事する。昼間は大家族の家事に追われていたため、夜、家人が寝静まってから歌作に励んだ。昭和10年（1935）に第一歌集「山花集」上梓し、新村出、小川芋銭、小杉放庵らに絶賛される。

戦後は「国民文学」に所属して松村英一に師事。歌集21冊を出版し歌数は八千首を越える。日本歌人クラブ初代会長も務めた。沼田市名誉市民であり、たつゑの著作を集めた生方記念文庫が沼田市内にある。95才で死去するまで実に70年間の長い短歌人生だった。

「硬質ガラスの抒情」といわれる緊張感ある抒情歌は、近代短歌の先駆者として評価が高い。

◆著作

「青粧」1955　第2回日本歌人クラブ推薦賞

「白い風の中で」1957　第9回読売文学賞

「野分のやうに」1979　第14回迢空賞　　他多数

薄皮を
ぬぎてすがしく
芽立ちたる
サフランの鉢を
日向にはこぶ

山花集より

取材協力：沼田市役所文化財保護課

野菊の家　伊藤左千夫生家　★県指定史跡

千葉県山武市殿台343-2・山武市歴史民俗資料館

伊藤左千夫は現在の千葉県山武市殿台で農業伊藤重左衛門家の末子として生まれ、22才までこの家で暮らした。家は移築ではなく今も建設当時の地に三百年近く佇む立派な農家である。敷地400坪、間口8間、奥行6間、入母屋造、茅葺単層の農家建築である。

庭には東京茅場町にあった左千夫の家から移築された茶室「唯真閣」もある。左千夫は茶道にも通じており正岡子規から「茶博士」と呼ばれたほどである。

父の良作は、この地方での優れた漢学者であり和歌にも通じていた。母・なつは、祖は武士の出身らしく気丈で躾などに厳しい勝気な女性だったという。左千夫は末子だったためか母に格別の愛情をもって育まれ、自由な幼年時代を過ごした。

明治22年春、左千夫は牛乳採取業を開業。本所茅場町に三頭の乳牛を買い入れて四畳半一間と土間のある仮小屋を建てて屋号を「乳牛改良社」と名づけた。この秋に郷里の伊藤重左衛門の長女「とく」と結婚。明治31年新聞「日本」に「非新自讃歌論」を発表。明治33年（37才）根岸の正岡子規を訪れる機会があり子規を師とする出会いとなった。

見事な茅葺屋根の家である
訪ねた日、庭に野菊が咲いていた
2005.11撮影

上／土間から仏間、中の間を見る
下／中の間側から土間方向を見る

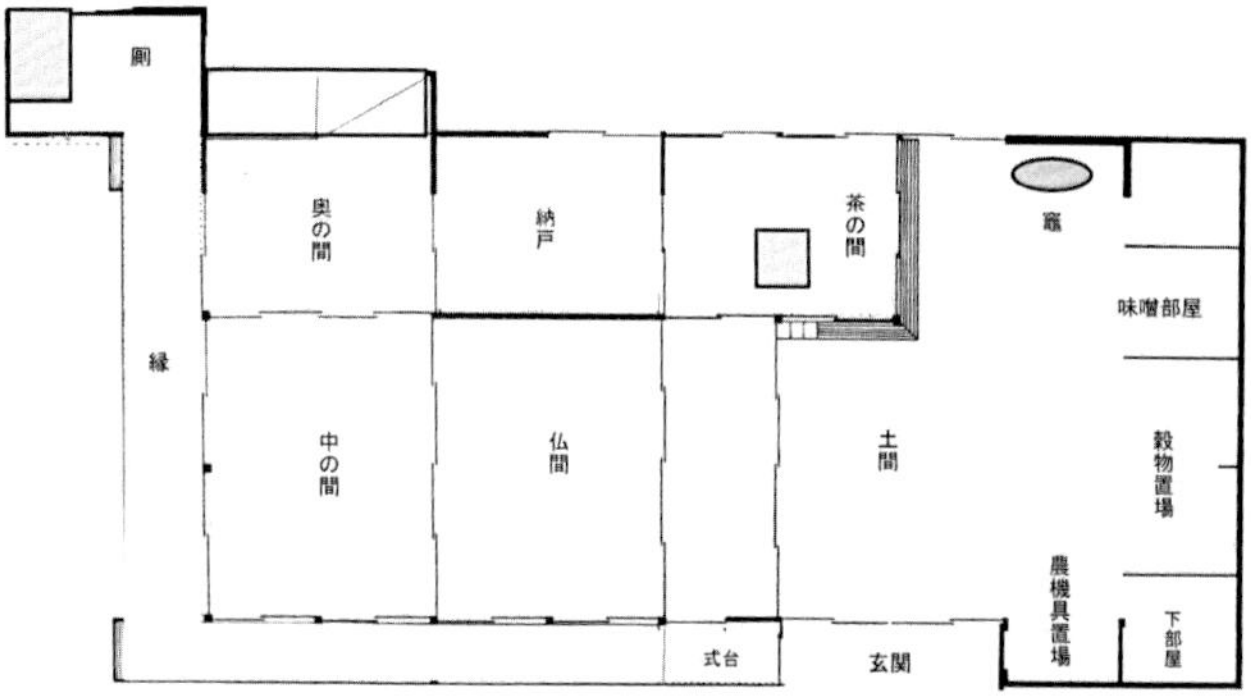

世の中の　愚（おろか）が一人　楽焼の
茶碗を見ては　涙こぼすも

左千夫

取材協力：山武市歴史民俗資料館

一戸建の茶室「唯真閣」は同じ山武郡出身の友人蕨真一郎から贈られた用材で建てたもので竣工は明治43年（1910）で昭和16年（1941）に現在地に移築、保存された。　2005.11／2017.11撮影

伊藤　左千夫（いとう さちお）本名・幸次郎
元治元年８月18日～大正２年７月30日
（1864―1913））　歌人・小説家

正岡子規の短歌革新の思想に共鳴した左千夫は、門下に入り本格的な作歌活動を始める。しかし入門二年目に子規が急死。子規の精神を引き継ぐ決意書を公示した。伊藤左千夫あっての子規及び近代短歌の今日までの継承である。子規の没後は根岸短歌会系歌人をまとめ、短歌雑誌「馬酔木」「アララギ」の中心となって斎藤茂吉、土屋文明、島木赤彦などを育成した。

明治38年に小説「野菊の墓」を「ホトトギス」に発表。夏目漱石も高く評価した。「野菊の如き君なりき」の題名で何度か映画化もされた。

大正２年脳溢血で死去、49才若さだった。

◆主な作品
1906　野菊の墓　（俳書堂）
1928　左千夫歌集（岩波文庫）
1956　隣の嫁　（河出文庫）
他

日のめぐり　いくたび春は返るとも
いにしえの人に　又も逢はめやも
正岡子規の忌日に詠んだ子規をしのぶ歌。

成城の洋館　野上弥生子旧居

（旧森邸）　竣工／昭和４年（1929）

東京都世田谷区成城１丁目（大分県臼杵市に移築）

作家・野上弥生子が没する間際まで住んだ洋館である。元は三菱銀行支店長を勤めた森可修（もりよしなか）が自ら設計した自邸である。急こう配のマンサードの赤い屋根に小さな煙突、半円形のサンルームがあった（サンルームは竣工半年後の増築）。

１９８９年４月、私に建築出版社から電話あった。成城にある野上弥生子邸を解体、移築するので解体前に記録撮影をして欲しいとのことだった。移築は長野県松本市に住む建築家・降旗廣信氏によるという。建物内は生前ままのようだった。半円形の広い開口部を持つサンルームと二階の小さな書斎（写真）が印象に残っている。

解体時に玄関の天井裏から大きな青大将と思われる蛇の骸骨が出てきたことには皆が驚いた。きっと冬眠に入ってそこで天寿を全うしたのだろう。蛇の遺骸は家と弥生子さん護る「家守り」であったと皆の意見が一致した。

その後、家は彼女の実家である臼杵に移築された。数年後に訪ねたが、環境の違いからか別の家のように私には見えた。

上　マンサードの赤い屋根に小さな煙突、半円形のサンルームがある
　　お洒落なモダンハウスである
下　サンルーム内部

●鬼女山房　野上弥生子書斎

長野県北佐久郡軽井沢町塩沢湖・軽井沢高原文学館敷地

弥生子は昭和初期から約60年に亘って北軽井沢の法政大学の大学村で春から秋を過ごした。晩年には、同じ北軽井沢で暮らしていた哲学者・田邉元と論争相手であり恋人ともいえる交際があった。ともに伴侶を失った直後で、急接近したという。幸せで豊かな晩年であっただろう。二人の往復書簡（恋文？）が「田邉・野上弥生子往復書簡」として岩波文庫から刊行されている。

書斎は、昭和８年（1833）茶室を兼ねた離れとして建てられたものである。浅間山を望む良地で、ここには多くの文化人が訪れ、高浜虚子と月を見ながら「ホトトギス」の話に興じたともいう。自らを山姥と称し「鬼女山房」の扁額掲げた二間続きの茅葺の離れは、孤独も謳歌した弥生子の精神の方丈でもあった。

これに小さな台所、厠、風呂があり、緑に囲まれていれば幸せな独居暮らしができる、そう思える離れである。

1996年現在地に移築、保存。

取材協力：軽井沢高原文庫

野上弥生子（のがみ　やえこ）　小説家

本名・野上ヤエ（旧姓小手川ヤエ）大分県臼杵生まれ
明治18年5月6日～昭和60年3月30日（1885―1985）

臼杵市のフンドーキン醤油の蔵元に生まれた。14才で上京、芥川龍之介門下の**野上豊一郎**（後の法政大学総長）と結婚。「ホトトギス」に作品「縁」を発表し作家デビューし、以後、99才で逝去するまで作家活動した。あと一カ月で百才という長寿だった。子供大事に徹底して、文学はその次という家庭人だったという。臼杵の実家には一部を改修した記念館がある。弥生子については岩橋邦枝著「評伝野上弥生子：迷路を抜けて森へ」がある。

◆主な作品

1926　人間創造
1928　小さな生きもの
1931　真知子
1937　秋風帖
1942　山姥
1964　秀吉と利休

左上　大分県臼杵の生家

下　生家の一部を改修して設けられた文学館

2005.08撮影

落合の家　林芙美子旧居　新宿区中井２—20—1

竣工／昭和16年（1941）設計／山口文象

現在は林芙美子記念館となっている旧居のある中井一帯はかつては淀橋区落合であった。林芙美子は、家を建てる前にその一画にあった目白文化村の西洋館に八年暮らしていた。旧居入口の説明板には、家についての彼女の「家をつくるにあたって」という一文がある。この文を読むと芙美子の家造りに対する熱い思いが読み取れ、他人が憶測でとやかく書く必要を感じないのでここに記す。

私は十年前に現在の場所に家を建てた。私の生涯で家を建てるなぞは考えてもみなかったのだけれども、八年程住み慣れていた借家を、どうしても引っ越さなければならなくなり、私はひまにまかせて、借家をみつけて歩いた。まづ、下町の谷中あたりに住みたいと思ひ、このあたりを物色してまはったが、思はしい、家もなく、考へてみると住みなれた、現在の下落合は去りがたい気がして、このあたりに敷地でもあれば小さな家を建てるのもいゝなと考え始めた。

幸ひ、現在の場所を、古屋芳雄さんのおばあさまの紹介で三百坪の地所を求める事ができたが、家を建てる金をつくる事がむづかしく、家を追いたてられていながら、ぐづぐづに一年は過ぎてしまったが、その間に、私は、まづ、家を建てるについての参考書を二百冊近く求めて、およその見当をつけるやうになり、材木や瓦や、大工に就いての知識を得た。

大工は一等の人を選びたいと思った。

まづ、私は自分の家の設計図をつくり、建築家の山口文象氏に敷地のエレヴェションを見て貰って、一年あまり、設計図に就いてはねるだけねって貰った。東西南北風の吹き抜ける家と云ふのが私が家に対する最も重要な信念であった。客間には金をかけないこと、茶の間と風呂と厠と台所には、十二分に金をかける事と云ふのが、私の考へであった。

それにしても、家を建てる金が始めから用意されていたのではないので、かなり、あぶない橋を渡るやうなものだったが、生涯を住む家となれば、何よりも、愛らしい美しい家を造りたいと思った。まづ、参考書によって得た智識で、私はいゝ大工を探しあてたいと思ひ、紹介される大工の作品を何ケ月も見てまはった。

林芙美子

書斎。元は納戸として造られたため後に洋服入れや物入れが造られた。雪見障子の先に北の小庭が見える。

2023.03撮影

林邸には山口文象の気負いのない上品な感性が現れている。日本建築の伝統的な形を崩さずモダンなものを取り入れている。グロピウスにも師事したモダニズム派の建築家が自己主張に走ることなく、芙美子の家造りに寄り添ったと思われる優れた近代和風住宅作品といえる。

上／茶の間、右奥は小間　　下／寝室、奥は次の間

右　浴室の竹天井
左　茶の間の床の間周り
家の随所に数奇屋建築の美しさ
と麻近代和風のモダンさが見える
2023.03撮影

取材協力：新宿歴史博物館

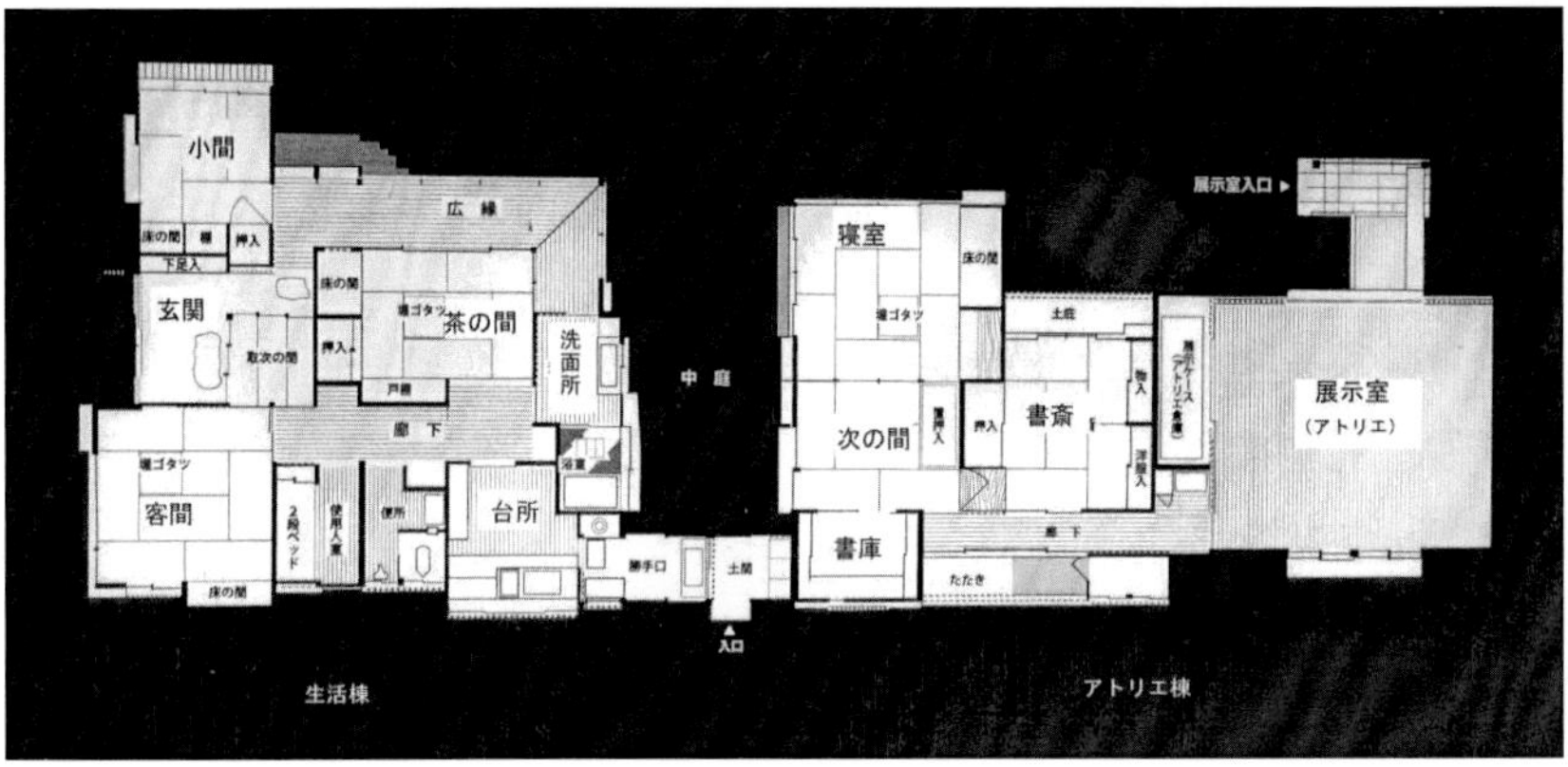

林　芙美子（はやし　ふみこ／本名・フミコ）　小説家

明治36年12月31日－昭和26年6月28日（1903－1951）

山口県下関生まれ。尾道市立高等女学校卒業。実父は宮田麻太郎、母はキク。麻太郎が認知しなかったため「林フミ子」として母方の叔父の戸籍に入った。明治43年（1910）麻太郎の浮気が原因で母子は家を出た。長崎、佐世保、下関と移転し11才の時鹿児島に預けられたのち、旅商いの親について山陽地方の木賃宿を流転する。大正3年（1914）福岡県直方市に住む。翌年、尾道に暫く落ち着く。

18才の時に「秋沼陽子」の筆名で地方新聞に詩や短歌を載せた。女学校卒業後に遊学中の恋人を頼って上京。女工、事務員などで自活。後に親も上京。関東大震災後は暫く尾道や四国に避難、この頃から筆名に「芙美子」を用いつけ始めた日記が放浪記の原形となる。

大正13年（1924）に親を残して帰京。壷井繁治、岡元潤、平林たい子らを知る。

昭和3年（1928）長谷川時雨主宰の「女人芸術」に放浪記の副題を付けた「秋がきたんだ」を連載し、昭和5年に「放浪記」として単行本化されて大ヒットし芙美子は一躍有名作家となった。

詩集「蒼馬を見たり」や「風琴と魚の町」「清貧の書」などの自伝的作品で名声を高めた。その後「牡蠣」などの客観的小説に転じ、戦中は大陸などに従軍して短編を書いた。戦後は新聞小説で成功し、短編「晩菊」や長編「浮雲」「うず潮」「めし（絶筆）」などを発表し人気を得た。戦後は、戦争に打ちのめされた日本人庶民の悲哀をひたすら書き続けた作家であった。昭和26年6月27日夜、主婦の友の連載記事のために料亭を二軒回り帰宅後に苦しみ、28日心臓麻痺のために急逝した。仕事を断らず出版社などに酷使されたともいえ、世間はジャーナリズムに殺されたと言った。享年47才。

山口文象（やまぐち　ぶんぞう）建築家　東京浅草生まれ

明治35年1月10日－昭和53年5月19日（1902－1978）

山口文象は昭和初期から中期にかけて活躍した近代日本建築運動に活躍した建築家の一人である。祖父は宮大工、父は清水組（現・清水建設）の棟梁。東京高等工業学校附属職工徒弟学校を卒業して清水組入社したが建築家に憧れて大正９年（1920）に退社。面識のなかった中條精一郎（小説家・宮本百合子の実父）に官庁への紹介状を書いてもらい逓信省営繕課の図面工となった。ここで山田守、岩元禄らと出会う。彼らの仲間となり近代建築運動を展開した。関東大震災の復興でも橋梁技師として活躍。後に竹中工務店、石本喜久治建築事務所を経て昭和５年（1930）に渡欧し、ベルリンにいたヴァルター・グロピウスのアトリエで働いた。昭和７年に帰国して設計事務鉦を開設。昭和９年（1934）に日本歯科医学専門学校医院を設計、最先端のモダニズム建築として一躍注目を浴びた。昭和13年（1938）黒部第二発電所関連の作品を発表して建築家としての地位を確率した。モダニズム作品を生む一方で和風建築にも造詣が深く、林芙美子邸、前田青邸などの住宅作品にも優れた手腕を発揮した。

◆余談

筆者の伯父と山口文象氏は仲良しで、伯父は氏を「文ちゃん」と呼んだ。私も氏の事務所（ＲＩＡ）でお会いした。優しい印象が今も記憶にある。私は23才のまだ小僧だった。

伯父の使いで大田区久が原にある氏のお宅にお使いにも行った。林芙美子さんと山口先生と伯父で銀座辺りで遊ぶことがあったらしく、林さんは高級な店で飲んでいても最後は庶民的な店に行きたがったという。芙美子さんは飲むと少しグチぽくなったらしい。

昭和40年（1965）頃の伯父の話で、六十年近く前の昔話である。

静の草屋　島崎藤村終焉の家　神奈川県中郡大磯町東小磯

藤村の終の棲家となったこの家は、大磯駅から徒歩5分ほどの小路にある。藤村はこの家を「静の草屋」と呼んだ。

昭和16年1月13日、藤村は湯河原温泉に休養に訪れたが、その際に友人に誘われて、大磯のどんど焼見物に立ち寄った。どんど焼は、左義長（さぎちょう）とも呼ばれる小正月（1月15日）に行われる火祭り行事で日本全国で広く見られる。大磯のどんど焼を左義長と最初に名付けたのは藤村のようである。どんど焼き見物を機に温暖な大磯が気に入った藤村は、早くもこの年の2月25日に24坪の長屋を家賃27円で借りて住んだ。翌年、一万円でこの家を買い終の棲家となった。

家は平屋で、今も東海道沿いにある和菓子舗「新杵」の主人が別荘として建てたもので大正末期～昭和初期頃の竣工である。藤村はこの新杵の「西行まんじゅう」を好んで食べたという。当時この周りにはこの家に似た貸し別荘等が多く、一帯は「町屋園」と呼ばれていたという。藤村は、静子夫人に宛てた書簡の中で住まいをこう記している。「萬事閑居簡素不自由なし」、つまり己にふさわしい住まいということである。時を同じくして大磯に住んだ作家・菊池重三郎、画家・安田靫彦らもここをよく訪れ、中でも画家・有島生馬とは広縁でよく談話したという。

見渡す庭には、ベニカナメやドウダンツツジなどが今日も海風に揺れている。藤村は白い花を好み、春の白椿を特に愛でたという。小さく素朴な冠木門、割竹垣に囲まれた小庭、そしてわずか三間の簡素を信条とする藤村らしい家である。外壁は杉皮葺、引戸は大正ガラスが使われている。内部は、昭和初期の一般住宅より天井高がやや低く、数寄屋造の茶室風の萩の枝を使った下地窓のある四畳半の座敷は書斎として使われていた。「この書斎を離れるときは、自分がこの世を離れる時」と藤村はいい、その言葉通りになった。

広縁の周る居間兼寝室の八畳間は、庭が見渡せる清々しい空間で、戸を開け放つと涼風が部屋を渉る。広縁の端に、板壁に見える半間の「開かずの間」と名づけられた物入れがある。始めは気づかずにいたが、見つけた時、藤村は大いに喜び本棚として使ったという。

静子夫人と読み合わせ中に脳溢血で倒れ、この部屋に臥し「涼しい風だね」と夫人に告げて息を引き取った。

昭和18年8月22日午前0時35分、享年71才。

「東方の門」が絶筆となった。夫人は「大磯の住居は五十年にも及ぶ主人の書斎人としての生活の中で、最も気に入られたものだったろう」と述べている。

藤村亡き後、箱根に疎開するまでは夫人が住んだが、その後、昭和24年から作家・高田保が住んで、著書「ブラリひょうたん」などを執筆、昭和27年にこの家で亡くなった。二人の作家の終の棲家である。その後はまた静子夫人が昭和48年まで暮らし、この家で亡くなっている。静子夫人は二人目の妻で藤村より二回り年下、旧姓・加藤静子、津田英語塾中退、「処女地」の同人として参加し、廃刊後に東京・飯倉片町の藤村邸に手伝いとして通うようになり藤村と結ばれたようである。夫人も執筆したようだが著作は残っていない。作家であれば三人の作家の終の棲家といえる。

訪ねた日の前夜に、東京、横浜に雪があった。温暖な大磯も寒く、家の後方の小山は白く化粧して湘南には稀な風景だった。庭の椿にもわずかな雪が残っていた。指先に息を吹きかけながら撮影した。館の守人も「良い家ですが寒いです」と苦笑したが、上質な住み人が健やかに暮らした家には豊かな情感が漂っていた。

2012.01撮影

書斎とその床の間

萩の枝を使った下地窓のある数奇屋造の四畳半の座敷は書斎として使われ「この書斎を離れる時は自分がこの世を離れる時」と藤村は気に入りその言葉通りになった。

取材協力：大磯町産業観光課

島崎藤村（しまざき　とうそん）詩人・小説家。

本名・島崎春樹（しまざきはるき）
明治5年2月17日ー昭和18年8月22日（1872―1943）
岐阜県中津川市・馬籠宿生れ　明治大学普通部本科卒業。

「文学界」に参加しロマン主義詩人として「若菜集」などを出版。小説「破戒」「春」などで代表的な自然主義作家となった。他に「家」、姪との近親姦を告白した「新生」「千曲川スケッチ」父をモデルとした歴史小説の大作「夜明け前」などがある。

藤村は自作で様々に「親譲りの憂鬱」を深刻に表現した。これは父親と長姉が狂死。すぐ上の兄・友弥は母親の過ちによって生を受けた人間。藤村自らも姪の島崎こま子と不倫事件を起した。強烈で重い血縁者との人生だったが、その運命と道程が常人には成らない傑作を生んだのかも知れない。

まだあげ染し　前髪の　林檎のもとに　見えしとき
前にさしたる　花櫛の　花ある君と　思ひけり

初恋より

藤村が好物だった和菓子・西行まんじゅうと新杵の店舗。

尼寺の如く　吉屋信子旧居

神奈川県鎌倉市長谷1－3－6
設計／吉田五十八　★国登録有形文化財

吉屋邸は長谷の大仏に近い小山を背にした静かな住宅地にある。昭和19年5月、信子はこの長谷に疎開しており馴染みのある地だった。昭和37年（1962）この頃に知人らの逝去が相次ぎ、己も人生の終盤にさしかかったことを自覚、静かな環境の中で仕事に専念したいとの思いからこの地に新居を建てて移り住んだ。六十六才秋のことである。

家は長い塀に守られている。自然木の表情を上手く生かした腰板が、トキ色の塗り壁と呼応するようである。塀は湘南らしく海と波頭とも思わせる長い連続模様で興味深い。門は少し厳めくその脇にあるくぐり戸を開けて庭に入る。敷石のはるかに白壁の端正な玄関が見える。館名碑は里見弴の揮毫である。庭の端に立って家全体を眺めると、無駄のない姿の低い家が背後の山と合唱するかのように美しく、風景は誠に穏やかである。

「尼寺のような家を・・」、吉屋信子が設計者の吉田五十八に望んだ言葉である、吉田とは昭和10年に東京牛込土砂原町の家を設計依頼した縁があった。簡素を旨とした吉屋邸だがそこここに贅を凝らしてある。柱は杉材の面とり、扉は欅の一枚板。玄関の床框も浮いたような造作で心憎いばかりである。南に面する広い開口部を持つ応接間（写真）には、五十八設計のソファと味のある古い座卓、長く座っていたい気分にさせるシンプルでゆったりとした部屋である。天井のデザインも他では見ないモダンなものだが、材料は特に凝ったものではない。贅沢な材料と技術だけでは素敵な家は生まれないことを、設計者は示しているように見える。隣接する和室にも同じことがいえる。北側に構えた書斎には、特注であろう大きな机。裏山に向かう藤棚が見える大きなガラス窓は、筆を休める信子に安らぎの景色を与えただろう。天井は乳白色のトップライトで、晴れた日には拡散光が室内に満ちる。どこを見ても破綻のない「簡素な贅沢」という言葉がふさわしい住宅建築である。

家は「自分の得たものは社会に還元し、住居は記念館のような形で残してほしい」との信子の遺志により昭和49年「吉屋信子記念館」として開館した。2012.01撮影

吉屋信子（よしや　のぶこ）

明治29年1月12日―昭和48年7月11日（1895-1973）新潟市生まれ

父・雄一は下都賀郡長などを務めた人だが、頑固な男尊女卑的思想の持ち主で信子は反発を感じていた。新渡戸稲造の「良妻賢母となるよりもまず一人のよい人間とならなければ困る。教育とはまずよき人間になるために学ぶこと」という演説に感銘を受け、その頃から少女雑誌に短歌や物語の投稿をはじめた。

大正5年（1916）頃少女画報に連載した「花物語」で人気作家となる。その後、大阪朝日新聞の懸賞小説に当選した「地の果まで」で小説家デビュー、徳田秋声らの知遇を得る。大正8年「屋根裏の二處女」では、自らが同性愛者であることを明らかにした。大正12年、信子の公私を半世紀に渡り支えた門馬千代（戸籍上は養女）と出会う。昭和9年に発表した「あの道この道」松竹で映画化。昭和12年に発表した「良人の貞操」は、当時あまり問題視されていなかった男性の貞操をめぐって議論を巻き起こした。昭和27年には「安宅家の人々」「鬼火」で第4回日本女流文学者賞受賞。晩年は「徳川の夫人たち」「女人平家」などの女性史を題材とした長編時代小説を執筆した。

昭和45年に週刊朝日に「女人平家」の連載を始めたが、執筆中に体調不良を訴え、闘病しながら完成したが病状は悪化、昭和48年7月11日癌により鎌倉の恵風園病院で不帰の人となった、享年77才。墓は高徳院（大仏）裏の墓所にある。

取材協力：鎌倉市生涯学習課

吉田五十八（よしだ　いそや）建築家　明治27年12月19日―昭和49年3月24日（1894-1974）

太田胃散の創業者・太田信義とトウ（銅）夫婦の5男第8子として東京日本橋で誕生した。父が58歳時の子のため五十八と命名されたという。明治42年に母方の実家が絶えるのを防ぐために吉田姓を継ぐ。東京美術学校（現・東京芸術大学）で岡田信一郎に学ぶ。大学に8年在籍し、卒業後「吉田建築事務所」を開設。大正14年（1925）にヨーロッパを視察旅行し、ルネッサンス、ゴシックなどの古典建築に感銘を受ける。吉田はこれらの古典建築はその国伝統や民族性が前提にあるからこそできたものであり、日本人にしかできない建築とは何かを考えるきっかけとなった。その結果伝統的数奇屋建築に着目し、数奇屋の近代化に方向を定めた。近代数奇屋建築の先駆者である。

◆作品に次のようなものが現存する。

岩波別邸／静岡県熱海市　自邸／神奈川県二宮町　五島美術館／東京都世田谷区

大和文華館＝奈良県奈良市　岸　信介邸＝静岡県御殿場市　など多数。

写真／吉屋邸の玄関周りと玄関内部

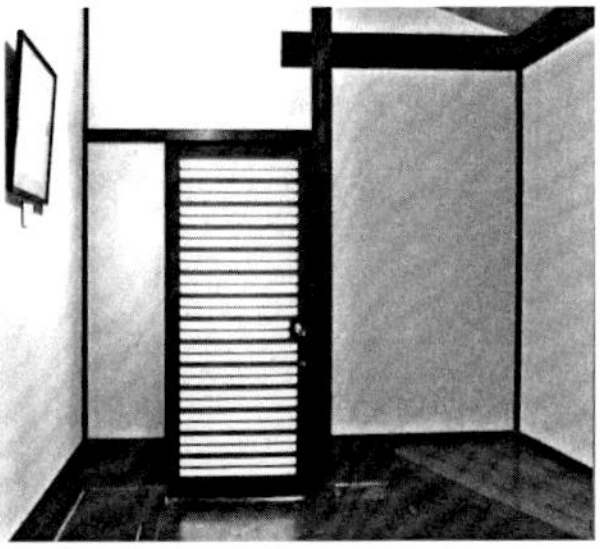

１４１２別荘　堀辰雄別荘

長野県北佐久郡軽井沢町塩沢湖217・軽井沢高原文庫

堀辰雄が始めて軽井沢を訪れたのは大正12年（1923）、この年の5月に知り合った室生犀星に連れられてきた。19才の時だった。その時の印象を「道で出会うのは異人さんばかりだった」と友人に手紙を送っている。後に軽井沢を愛して住み、昭和19年以降は追分で闘病生活に入ったが「美しい村」「風立ちぬ」「大和路・信濃路」「ふるさとびと」など軽井沢を舞台にした多くの作品を残した。「風立ちぬ」の終章は昭和12年の冬、軽井沢の川端康成の別荘で完成している。

１４１２別荘の竣工年は判らないが、大正7～8年頃にアメリカ人のスミス氏が住んだというから、その少し前くらいだろうか。別荘の番号は、当時、別荘が急速に増えたため郵便局が配達の便を考慮してつけたものである。昭和16年に戦争によりスミス氏は帰国、その折に堀夫妻が購入したという。

外壁は杉皮葺、平屋の質素ともいえる山荘である。素材、デザイン共に素朴で好ましく、この家を気に入った堀の好みの良さが窺える。堀は夏のみ4年間を多恵子夫人とここで過ごした。辰雄亡きあとは、深沢省三・紅子夫妻がアトリエとして使用した。元は万平ホテル近くの旧軽井沢釜の沢にあったものを昭和60年に現在地に移築、保存した。

自然の材料で細身で柔らかく造られた山荘での夏の暮らしは堀の心を癒したと思われる

●追分の家　軽井沢町大字追分662・堀辰雄文学記念館

浅間山を望む地に建て、一年十カ月を暮らした終の棲家である。庭には死の10日前に完成した別棟の書庫があるが、自らの手で本を収めることは叶わず、辰雄の死後、多恵子夫人の手で本が収められた。

堀 辰雄（ほり たつお）

明治37年12月28日～昭和28年5月28日
（1904―1953） 東京都墨田区生まれ

辰雄という名は辰年生まれに因む。父・堀浜之助は東京地方裁判所の監督書記。浜之助には広島に「こう」という妻がいたが病身のため子はできず、辰雄の生母は西村志気という町家の娘で父の東京妻のような存在であり同居もしていた。辰雄は堀家の嫡男として出生届された。志気は辰雄が２歳の時に辰雄を連れて堀家を出た。後に彫金師・上條松吉と結婚したが関東大震災の時、隅田川で水死している。大正12年（1923）に室尾犀星に芥川龍之介を紹介される。大正14年東大国文科入学、昭和２年師と仰いだ芥川龍之介の自殺にショックを受ける。翌年大学卒業、卒業論文は「芥川龍之介論」。時流に迎合しない作風は次世代の立原道造、中村真一郎らに支持され彼らは堀の弟子的存在となった。戦争末期の昭和19年頃から結核の症状が悪化し、戦後はほとんど作品の発表もできず、昭和28年に追分の家で逝去、享年48才。

◆主な作品
1927 不器用な天使
1932 麦藁帽子
1933 美しい村
1937 風立ちぬ
1941 菜穂子
1943 ふるさとびと
1946 雪の上の足跡

取材協力：軽井沢高原文庫
堀辰雄文学記念館

終焉の土蔵　小林一茶旧居

長野県上水内郡信濃町柏原　★国史跡

一茶は信濃国柏原（現・信濃町柏原）で中農の家に生まれた。柏原は長野市中心部から北へ25㎞ほどにある北国街道の宿場町で、小林家は柏原では有力な農民の家系である。

終焉の家は良くある土蔵である。入口そばに浅い囲炉裏があってこれが唯一の暖房だったのだろう。倉は素朴で美しい日本建築の一つだが、この中で豪雪の冬を越すのは老人には至難である。見栄えの良い倉だが、病んでいた一茶はここでの死を覚悟していたであろうとの憶測もできる。

2017.11撮影

これがまあ　ついの栖《すみか》か　雪五尺

めでたさも　中くらいなり　おらが春

雪とけて　村いっぱいの　こどもかな

●弥兵衛の屋敷

屋敷は一茶旧居（土蔵）と同じ敷地内の街道に面したたっている。文政10年（1827）の大火後に建てられた建物で、一茶の弟弥兵衛分の屋敷にある町家である。

晩年、故郷に定住した一茶は、父の遺言に従い、間口9間の家を仕切って弟家族と同居したが、大火で焼失し、仮住まいの土蔵で亡くなった。大火後に建てられたこの町家は、弘化4年（1847）の善光寺大地震にも耐え、往時の柏原宿を伝える貴重な建物となっている。

桁行4間、梁間3間半、寄棟造、二階建、茅葺、正面、南面、背面に下屋があり、部屋は四つ間取りで、南側に神座敷・下座敷、北側に寝間・茶の間と通り土間がある。後にこの家に住んだ大工・米蔵は二階を増築し、文久元年（1861）の金沢藩の参勤交代の際、20人と馬一疋が宿泊した記録が残されている　（現地説明板参考）

取材協力：一茶記念館

小林一茶（こばやし　いっさ）　本名・小林弥太郎　俳人
宝暦13年5月5日～文政10年11月19日（1763―1828）
長野県上水内郡信濃町柏原生まれ

幼年期に母を亡くし、父が再婚した継母とは折り合いが悪く、不幸な少年期だった。父は継母と息子を離すことを目的に15才で江戸に奉公に出した。その江戸で俳句と出会い「一茶調」と呼ばれる独自の俳風を確立した。松尾芭蕉、与謝蕪村と並ぶ江戸時代を代表する俳人として知られる。39才の時に父を亡くし、その後の13年間は継母と弟との間で父の遺産を巡って争いが続いたが、弟との遺産相続も何とか解決して北信濃に多くの門弟を抱える俳諧師匠となり故郷柏原に定住することになった。52才で初婚したが新妻との間にできた子は4人すべてが夭折し妻にも先立たれた。再婚するがすぐに破綻し、身体的には中風の発作を繰り返した。64才で三度目の結婚をしたが、翌年には村の大火で自宅を焼失し、焼け残った土蔵を棲家とするという不幸続きの後半生であった。そして文政10年11月19日、冷えた土蔵で中風の身を横たえて息を引き取った、享年65才。その時妻の「やを」は一茶の子を身籠っていた。生まれた女児は「やた」と名付けられ、無事に育って婿を迎え一茶の遺構は引き継がれた。

一茶は死後も名声は落ちなかったが後継者は出なかった。明治以降、正岡子規らに注目されるようになり、改めて高い評価を受けるようになった。一茶の句は2万句以上といわれ「やせ蛙　負けるな一茶　これにあり」などの有名な句がある。

春甫（しゅんぽ）画
村松春甫は俳人・絵師。信濃国生まれで一茶の門人、一茶の肖像画を多く描いた。

武士の家　木下尚江生家

長野県松本市島立2196-1・松本市歴史の里

作家・木下尚江の生家は江戸後期に建てられた下級武士の住宅である。幼い頃、母親が竈の前で石を伐って火を取る音や、焚き付けの白い炎が立ち上る姿の記憶が記されている。

当時の下級武士の家は規模に差はあるが基本的には平屋の書院造で、客室を兼ねた主人の居間である座敷と家族の生活の場である奥の部屋、玄関、台所で構成される。尚江の生家もこれに準じたものである。座敷には小さくとも床の間が付き、次の間が続いており縁側を持つ。こうした小規模の下級武士の住まいが、その後の庶民住宅ベースとなっているともいわれる。現代の建売住宅などにはない士の匂いがする豊かで美しい空間で、現代人の暮らしに欠けている大切なものを気付かされる。

旧所在地は松本市北深志で昭和58年に「松本市歴史の里」に移築、保存された。

2021.04撮影

畳敷きの部屋の脇に小さな竈がある。ここは元台所で整った素敵な空間である。

書院欄間に透し彫りが見られるが、あとは凝った装飾もなく天井もシンプルな棹縁であり武士宅としては非常に質実な住まいである。

取材協力：松本市歴史の里

木下尚江（きのした　なおえ）　小説家・歌人・社会運動家
明治2年9月8日〜昭和12年11月5日（1869—1937）

長野県松本市生まれ
父は松本藩に仕えた下級武士・木下廉左衛門秀勝。東京専門学校（現・早稲田大学）明治21年（1888）卒業。身長は一七〇㎝位で、当時の成人男性の平均より10㎝も大きかったが丈夫ではなかった。顔面蒼白でやせ型。小柄だった幸徳秋水が見上げて「いい体をしているなぁ」と呟いたという。25才の時に松本美以教会（松本キリスト教会）で洗礼を受けている。演説に長けており「幸徳の筆、尚江の舌」といわれた。明治30年県議選挙関連の疑獄事件で拘引され、翌年重禁錮8カ月、罰金十円、監視6カ月の判決を受けたが控訴のため東京に護送されて鍛冶橋監獄に収容、無罪判決となり翌年に出所。

明治32年毎日新聞入社、足尾銅山鉱毒問題などで論陣を張る。

明治33年「足尾鉱毒問題」発刊。田中正造と初対面。和賀操子と結婚。

明治37年（1904）毎日新聞に小説「火の柱」を連載開始。5月書籍化。

明治39年（1906）母の死をきっかけに社会主義から離れるようになる。

田中正造の死期に立ち合い看護する。後年は人間主義の著作活動を行い晩年は仏教に足を踏み入れて写経、思索の日々を送ったという。

昭和11年（1936）妻・操子逝去。

昭和12年（1937）東京の自宅（現・北区西ケ原）で死去。享年68才。
◆作品「火の柱」「霊か肉か」「乞食」「墓場」「懺悔（自伝）」など。

高野槇のある家　窪田空穂生家

長野県松本市大字和田1715-1
竣工／明治８年（1875）

空穂の生家は屋根に「すずめおどり」という信州地方独特の棟飾りがついた本棟造の民家建築で、式台玄関を持つ立派な家である。基本的には平屋で、表と裏の一部の二階に部屋が一つづつある。

家の中心は「オエ」といい、空穂は父のいる場所として記憶していたという。オエの東側は座敷で大切な客や慶事の時に使用された。オエの西側には納戸や台所が並び、そこで働く祖母、母、兄嫁の姿を空穂は家の記憶として語っている。土間には当初は馬屋があったが後に事業をするために帳場に変えられた。離れは両親の隠居所として建てられ、空穂は晩年の父母の様子を随筆などに書いている。母屋の南側は坪庭となっており、空穂が歌に詠んだ大きな高野槇がある。

2021.04撮影

この家と　共に古（ふ）りつつ高野槇
二百（ふたもも）とせの　深みどりかも

記念館二階から見た生家。遠い山並みも美しい

上　南面外観　庭に面してのびやかな濡れ縁を持つ。右手前から奥へ
　　上座敷、上オエ、小座敷と部屋が並んで見える
下　下オエから上オエ、小座敷方向を見る

上　上座敷よりオエ側を見る
右　座敷より土間側を見る
左　離れ内部　離れは明治29年に両親の隠居所として建てられた

窪田空穂（くぼた　うつぼ）本名・通治（つうじ）

歌人・国文学者　長野県松本市生まれ

明治10年6月8日—昭和42年4月12日（1877-1967）

生家は篤農家。長野県尋常中学校（現・深志高校）から東京専門学校文学科（現・早稲田大学）に進学したが一時中退。歌人太田水穂と出会いで作歌を始める。明治33年から与謝野鉄幹選歌の「文庫」に女性名で投稿、鉄幹に誘われて「明星」に参加し高村光太郎らと交流を持つが一年で退会した。その後、電報通信社（後の共同通信社）や雑誌記者を経て文学雑誌の編集者となる。大正3年（1914）に「國民文學」を創刊。大正9年には早稲田大学国文科講師に着任、後に教授を務めた。昭和17年（1942）には日本文学報国会理事。翌年に日本芸術院会員。昭和33年（1958）文化功労者。昭和42年4月12日心臓衰弱のため東京都文京区目白台の自宅で逝去、享年90才。

近代歌人としては長歌を多く作った歌人で、青春時代には小説家を志していたこともあり、その資質を大岡信（詩人・評論家）は高く評価している。シベリア抑留で亡くなった次男・茂二郎を悼んで詠んだ「捕虜の死」という史上最大といわれる長歌がある（冬木原に収録）。子息の窪田章一郎も歌人、国文学者であり「西行」研究の第一人者で門下に馬場あき子らがいる。

◆作品「まひる野」「泉のほとり」「歌集　朴の葉」など多数。

生家前の記念館は建築家・**柳澤孝彦**の設計。「中川一政美術館（吉田五十八賞）」「郡山市美樹館」などの優れた作品を生んだ建築家である。

杓子庵　中　勘助旧居

静岡県静岡市葵区新間1089-120・中勘助文学館

小説「銀の匙」で知られる中勘助は、昭和18年（1943）10月に療養のため東京から静岡市郊外（旧安部郡服織村新開）に移住した。「杓子庵（しゃくしあん）」はその時移り住んだ前田家の離れで、木造平屋、茅葺の小さな庵である。最初は庵の下の栗畑に因んで栗穂庵（あわほあん）と名付けたが、季節が変わると杓子菜が盛んになり「杓子庵」と改名された。この時期に短歌や俳句も作るようになり自身の俳号も杓子とした。

杓子庵　どぶろく白き　後の月

戦争の激化に伴い義母や妹二人も疎開してきたので、昭和20年4月から石上広吉の離れ「牛鳴庵（ぎゅうめいあん）」に移り皆で暮らした。家の前の牛小屋で牛が一日中鳴くので牛鳴庵である。また石上農園の出小屋「忘れ庵」では昭和21年、22年の夏から秋の間だけ執筆をした。昭和18年～23年までの四年半、勘助を支えたのは地元の有力者・石上家と文学好きの実業家・稲盛道三郎であった。

2021.11撮影

取材協力：静岡市文化振興課施設係

医学者の兄・金一は高圧的な人物で穏やかな勘助とは折り合いが悪かった。その兄が脳溢血で倒れ、その面倒を兄嫁・末子と見ざるを得なくなった。末子は知性溢れる女性で勘助に思慕心が湧いたことが窺える。その末子が兄より先に亡くなり、兄の面倒をみるためにもと勘助は結婚をするが、結婚式当日に兄は自ら命を絶った。心身ともに疲れ果て、一年後に静養のため妻の親族である石上数雄を頼って静岡に行く。静岡で最初に滞在したのが「杓子庵」であった。

詩・風のごとし

路傍の裸木に木の実かれさがり
刈田のはさに鳥だまって尾をふる
やなぎの葉おちて堤さびしく
蘘科川水ほそりて瀬瀬の音かすかなり
落日を眺めつつ六十年の行路を思ふ
あだかも吹きすぐる一陣の風のごとし
まことに風のごとし
また風のごとし

文学記念館（旧前田家）前から杓子庵を見る

夏目漱石からの手紙

拝啓
病気はまあ癒りました。ご安心ください。一昨日と昨日とで玉稿を見ました。面白う御座います。たゞし普通の小説としては事件がないから俗物は褒めないかもしれません。私は大変好きです。
ことに病後だから、又所謂小説といふ悪どいものに食傷してゐる所だから、甚だ心心持ちの好い感じがしました。自分とぴたりと合ったやうな親しい嬉しい感じです。尤も悪い所もありますが、夫はまあ俗にいふ微疵であります。私はあゝした性質のものを好む人が少ない丈それ丈同情と尊敬を払ひたいのです。
原稿は御あづかりして置きませうか、又は一先づ御返ししませうか、どっちでもあなたの御都合の好いやうに取計らひます。早々頓首
十月二十七日　夏目金之助
中勘助様

＊大正3年、漱石が「銀の匙」の読後感を書いた書簡。
「銀の匙」は夏目漱石の紹介で朝日新聞に連載された。

杓子庵内部
室内には入れなかったが6畳ほどの簡素な部屋で大きな開口部からの陽光が部屋に満ちる。

中　勘助（なか　かんすけ）　小説家・歌人

明治18年5月22日―昭和40年5月3日（1885―1965）

東京神田生まれ、父は岐阜県藩士。

明治35年（1902）第一高等学校入学。兄・金一は子爵・野村靖の娘・末子と結婚しドイツ留学。

明治42年（1909）東京帝国大学国文科卒業。兄・金一脳溢血に倒れ以後、兄嫁と家の重責を担う。

大正元年（1912）信州の野尻湖畔で「銀の匙」を執筆し、翌年から夏目漱石の紹介で朝日新聞に連載始まる。銀の匙は自身の子供時代を綴った作品。

大正9年（1920）千葉県我孫子市手賀沼の畔に寓居を構え志賀直哉と往来する。

大正13年（1924）神奈川県平塚市に新居完成。

昭和17年（1942）兄嫁・末子逝去。

作品「蜜蜂」は末子を追慕して書いた作品である。

10月嶋田正武の長女・和と結婚、勘助58才で双方初婚。結婚式当日に兄・金一自殺。

昭和18年（1943）静岡に疎開。

昭和23年（1948）帰京。妻の生家に住む。

昭和40年（1965）5月3日逝去、享年79才。

勘助は長身でハンサムで、作家・野上弥生子の初恋の人としても知られる

鳥羽の家　伊良子清白旧居

三重県鳥羽市鳥羽1－9－9

家は鳥羽駅から近い潮の香が流れる地にある。木造二階建の診療所と住まいを兼ねた併用住宅である。玄関を入ると右に薬局、診療室、手術室兼書斎、左に居間、台所などの生活空間がある。書斎が手術室を兼ねるとはなんとも町医者らしいと思わず微笑む。二階は図面では子供部屋と客間と記されている。贅沢さも無駄もない素直な好感の持てる家である。

清白は大正11年（1922）に鳥羽の入り海に面した地に診療所を開いた。昭和20年（1945）に疎開するまでの23年間をこの家で過ごした。

詩集「孔雀船」が再版された時には、かつての詩友である河井酔茗や北原白秋が訪れている。

2021.11撮影

診察室　整然とした町の開業医の診察室といった雰囲気が良く復元されている

この家は小浜→大台→鳥羽と移築を繰り返している
上／外観正面　　下／一階座敷

取材協力：鳥羽市教育委員会生涯学習課

伊良子清白（いらこ　せいはく）　本名・輝造（てるぞう）

歌人・医師　鳥取県鳥取市生まれ

明治10年10月4日ー昭和21年1月10日（1877ー1946）

父は医師、母は一才にもならない時に他界し父と大阪、滋賀と転居。津中学校を経て明治32年（1899）に京都府立医学校を卒業。上京して勤務医として転職しながら北里伝染病研究所や東京外国語学校ドイツ科に学ぶ。そして生命保険の検診医師となり各地を歴訪する。医学校在学中から「文庫」「青年文庫」に寄稿し河井酔茗、横瀬夜雨と並ぶ文庫派三羽烏と称されるようになった。明治39年（1906）生涯唯一の詩集「孔雀船」は明治期の傑作の一つと評されるが、その刊行を待たず突然に詩壇を去った孤高の詩人である。東京を去って詩筆を折り島根県浜田に赴任、さらに大分、台湾、京都などでも勤務を経る、全国を転々としたため「漂白の詩人」とも呼ばれる。代表作「漂白」は日本近代詩として名高い。昭和21年、往診に向かう時に脳溢血で倒れ、帰らぬ人となった。享年69才。

漂　白

ふるさとの谷間の歌は
続きつゝ耐えつゝ哀し
大空のこだまの音と
地の底のうめき声と
交りて調は深し

生誕地曳田の正法寺にこの詩碑がある。

近江の商家　外村繁生家（外村繁文学館）

滋賀県東近江市五箇荘金堂631
竣工／明治34年（1901）

五個荘金堂町は近世から近代にかけて近江商人発祥地として栄えた地で、重要伝統的建造物群保存地区に指定されている。今も舟板塀や商家が残る美しい町並みである。五個荘の名は平安期における日吉領内にあった五つの荘園に因み、金堂は聖徳太子がここに金堂を建立したことに因む。かつての表記は「五箇荘」で、これは地区内残る近江鉄道の駅名に今も残る。元は農村集落だったが、それだけでは生計が成らず、商人として全国を行商して暮らした半農半商の町である。

その金堂の町並みの中に外村繁文学館はある。外村宇兵衛邸（文化10年竣工）と道路を挟んだ所に位置する旧外村吉太郎邸である。外村家は江戸時代から続く木綿問屋で、四代目外村宇兵衛の妹「みわ」が婿養子に吉太郎迎えて分家し、茂はその三男として誕生した。家は本家の配置を模写した構成で、主屋の一階は土間に沿った「土居の間」と台所、15畳の座敷、仏間で、二階は10畳、7畳半、6畳の座敷と茶室の構成であり座敷は書院造りである。家は程良い大きさで庭も整い、渋く落ち着いた印象を受けた。

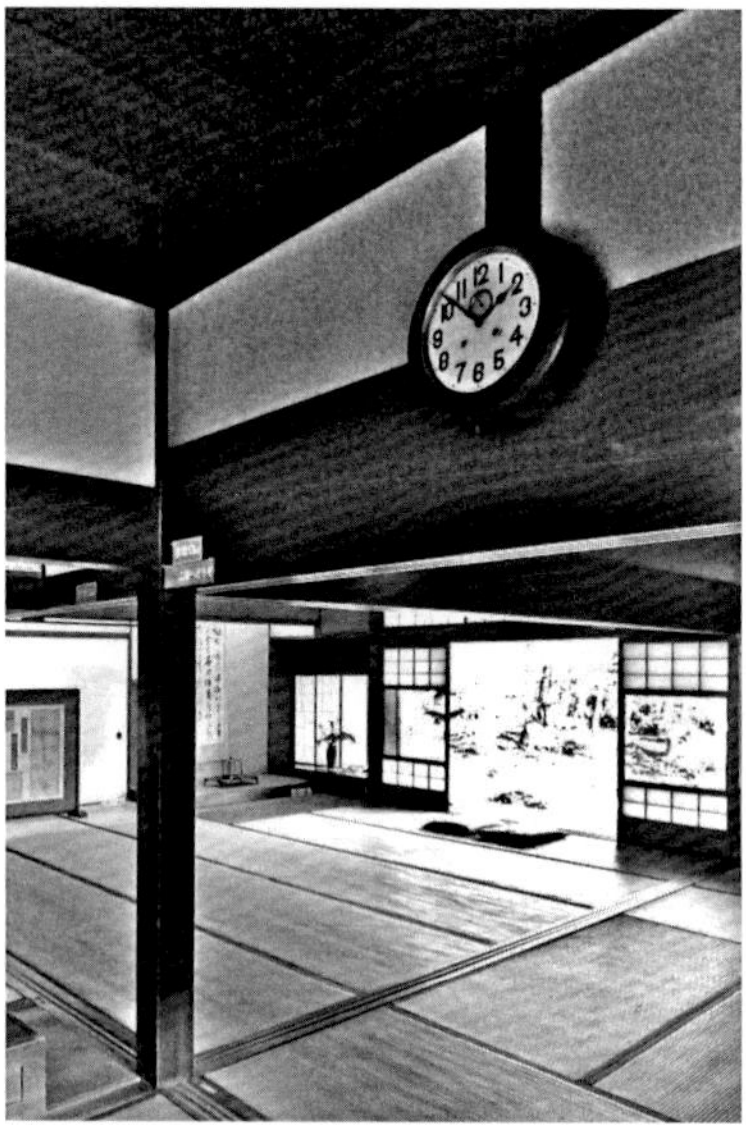

上　一階座敷
下　正面外観と入口

取材協力：東近江市観光物産課
　　　　　東近江市五個荘近江商人屋敷

五個荘の町並み

★重要伝統的建造物群保存地区

外村家は五個荘の中核を成す家だが、五個荘は全国の町並みの中でも指折りの整った姿を見せる集落である。筆者は全国一八〇カ所余の集落を巡ったが、その中でもこの家並みは記憶に濃い。魅力ある町並みを残した観光化が行われながらも、住み人たちの静かな暮らしが窺えることも好印象となっている。

外村宇兵衛邸

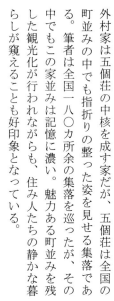

外村　繁（とのむら　しげる）本名・茂　小説家

明治35年12月23日－昭和36年7月28日（1902－1961）

滋賀県東近江市五個荘町生まれ　東京帝国大学経済学部卒業

在学中に梶井基次郎（小説家／31才で夭折）や中谷孝雄（小説家）らと同人誌「青空」を創刊。川端康成の同人誌「文藝時代」に文芸時評を寄稿した際に名前を「外村繁」と誤植され以後それを筆名とする。多分気に入ったのだろう。大学卒業後、父親の急逝により家業を継ぐが、やがて弟に家業を譲り昭和８年（1933）には東京・阿佐ヶ谷に移って小説家として再出発した。

昭和10年に近江商人の世界を描いた「草筏」が芥川賞候補となるが受賞はなかった。戦後「筏」花筏」を発表して「草筏」と共に筏三部作と呼ばれるようになる。

結婚は二度している。最初の妻・木下とく子は六本木のカフェの女給だったため親から勘当され同棲生活を送っていたが、昭和23年にとく子は病死。昭和25年に文部省職員の金子てい（貞子）と再婚したが昭和32年に繁、35年に妻が相次いで癌になり夫婦で闘病生活を送った。

昭和36年7月上顎癌で逝去、享年58才。妻ていも4カ月後に乳癌で死去。長男は遺伝学者・外村晶である。

方丈庵　鴨　長明旧居（復元）

京都府京都市左京区下鴨泉川町

「ゆく革の流れは絶えずして　しかも　もとの水にあらず」で始まる方丈記が生まれた小庵である。庵とは「木で造り草で葺いた簡素な小屋。僧や世捨人、風流人の閑居する小屋」で基本的に単身者住宅である。方丈庵の広さは一丈四方（５畳半＝３㎡ほど）高さ７尺（約２・12ｍ）ほどである。家の場所を変えたければ分解して簡単に運べるような家である。庵はセルフビルドとも方丈記に記されているという。木組みの枠の土台（土居）に棟に竹を置き杉皮で葺いただけの屋根と板壁の簡素なもので、方丈記の記述を元に、平成10年11月に建築家・工学博士の中村昌生によって下賀茂神社敷地内に復元された。本来の方丈庵跡は伏見区と宇治市の境にある日野岳（標高373m）の西斜面の中腹に今も標されている。

2012.04／2013.01撮影

復元庵を眺めがら、当時の建物はもっと粗いものではなかっただろうか、
冬季の暮らしの厳しさが想像できる。

内部は半分ほどが食事、就寝の場、残り半分を衝立で二分して「仏教の場」と「作家の場」とする。設けられた唯一の吊棚には三つの革籠が置かれて中には和歌、音楽、仏教に関する書物が納めれれていたといい、概ね下図のような様子であったと思われるとネット情報にある。夜具は草蔓を編んだもので、外の庇下に竈を設けて山菜、木の実などを料理して暮らしていたようだ。。

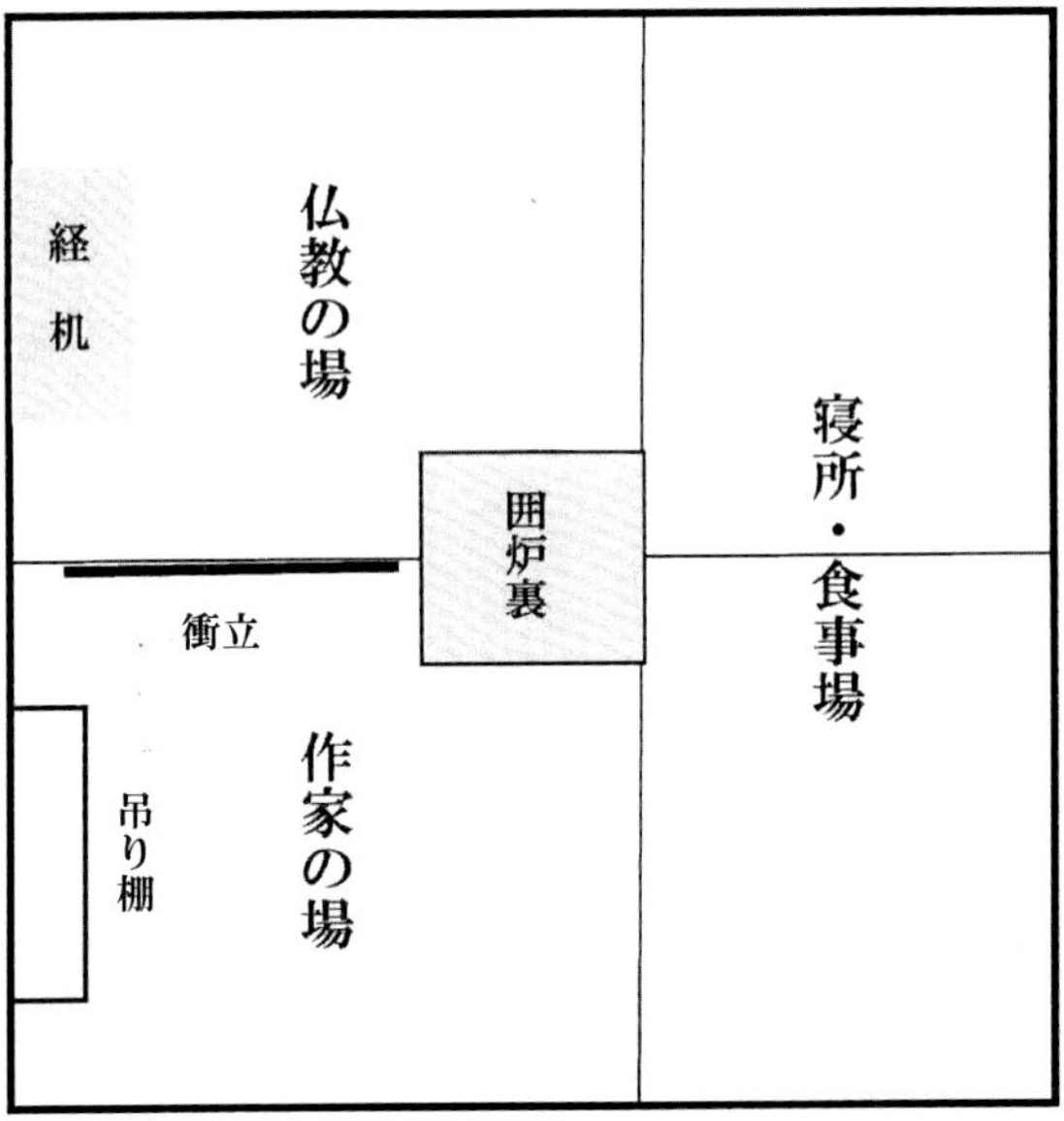

鴨　長明（かものながあきら又はかものちょうめい）

歌人　久寿2年―建保4年（1155-1216）京都生まれ

下鴨神社の禰宜・鴨継の次男。神職を志す傍らで和歌や琵琶を学び、宮廷歌人としても活躍した。父の跡を継いだ河合神社の禰宜・鴨祐兼は長明を後継者とさせずわが子を禰宜とした。神職の継承に失敗し、元久元年（1204）に大岡寺（現・滋賀県甲賀市）で出家し「蓮胤」を名乗る。後に大原に移って4年を過ごし、各地を転々として建暦元年（1211）に日野（現・京都市伏見区）に移って草庵を結んで隠棲した。この小庵が一丈四方の「方丈庵」で、安元3年（1177）の都の火事、元暦2年（1185）に都を襲った大地震のことなどをここで日々記録した日記が「方丈記」で、延暦2年（1212）に完成したといわれる。前後して「無名抄」「発心集」も編む。建保4年（1216）6月10日にこの庵にて61才（推定）で没したとされる。

夜もすがら
ひとりみ山の真木の葉に
くもるも澄めるも
有明の月

鴨長明

古都のサロン　志賀直哉旧居

奈良県奈良市高畑町
★国登録文化財・市指定文化財

新薬師寺に近い屋敷町の一角、初夏の陽を浴びて長い土塀に乾いた光が跳ねている。

この辺りは静かな奈良の町の中でも、特に風光明媚な場所である。志賀直哉はかねてから奈良への憧れがあり、昭和４年（1929）自ら設計した家を建てて移り住んだ。家の辺りは、鎌倉時代頃から春日大社の神官たちの住んでいた社家の跡である。

建築にあたって、彼の好みから京都の数寄屋造りの大工に施工を依頼した。数寄屋風だが洋風のサンルームや食堂もあるハイカラ住宅である。敷地４３５坪、床面積１３４坪の大きな家である。数奇屋風の上品な造作は直哉の人柄を表しているが、いささか大きすぎて数奇屋風建築の良さを若干保ちきれないでいる印象を私は感じた。

私見ながら、小説も家も「短編、小住宅」に良いものが多い気がする。大きい、長いはバランスが難しい。

この家で尾道時代から手掛けていた「暗夜行路」の後編の完結、「痴情」「邦子」「晩秋」「豊作虫」などの作品が生まれた。

2016.06撮影

書斎は天井が葦張りの数奇屋造りで窓外に和風庭園と若草山を望み、大きな机が印象的である。

直哉と前後して画家や作家たちが移り住んできており、直哉を慕って武者小路実篤、小林秀雄、尾崎一雄、小林多喜二、入江泰吉、亀井勝一郎などの文化人が良く訪れて、文学論や芸術論を語り合う文化サロンとなった。直哉は、水門町に住んでいた武者小路実篤らと文化活動もすると共に関西一円の美術行脚も行った。

しかし、奈良の古い文化や自然に埋没する自分を覚えて、昭和13年（1938）に関東へ居を移した。この家で暮らしたのは十年間であった。その後も「奈良はいい所だが、男の子を育てるには何か物足りぬ感じ、東京へ引っ越してきたが、私自身には未練もあり、今でも小さな家を建てて、もう一度住んでみたい気がしている」と奈良への愛着を示している。

建物は現在、「奈良学園セミナー・ハウス」として活用され、通常は一般公開されている。

写真は「暗夜行路」を脱稿した部屋

取材協力：奈良学園

上／食堂　　和洋折衷の洒落た造りである

下／子供室

ここで多くの文人たちが歓談したであろう光満ちるサンルーム。

長い土塀が巡り緑も多い外観

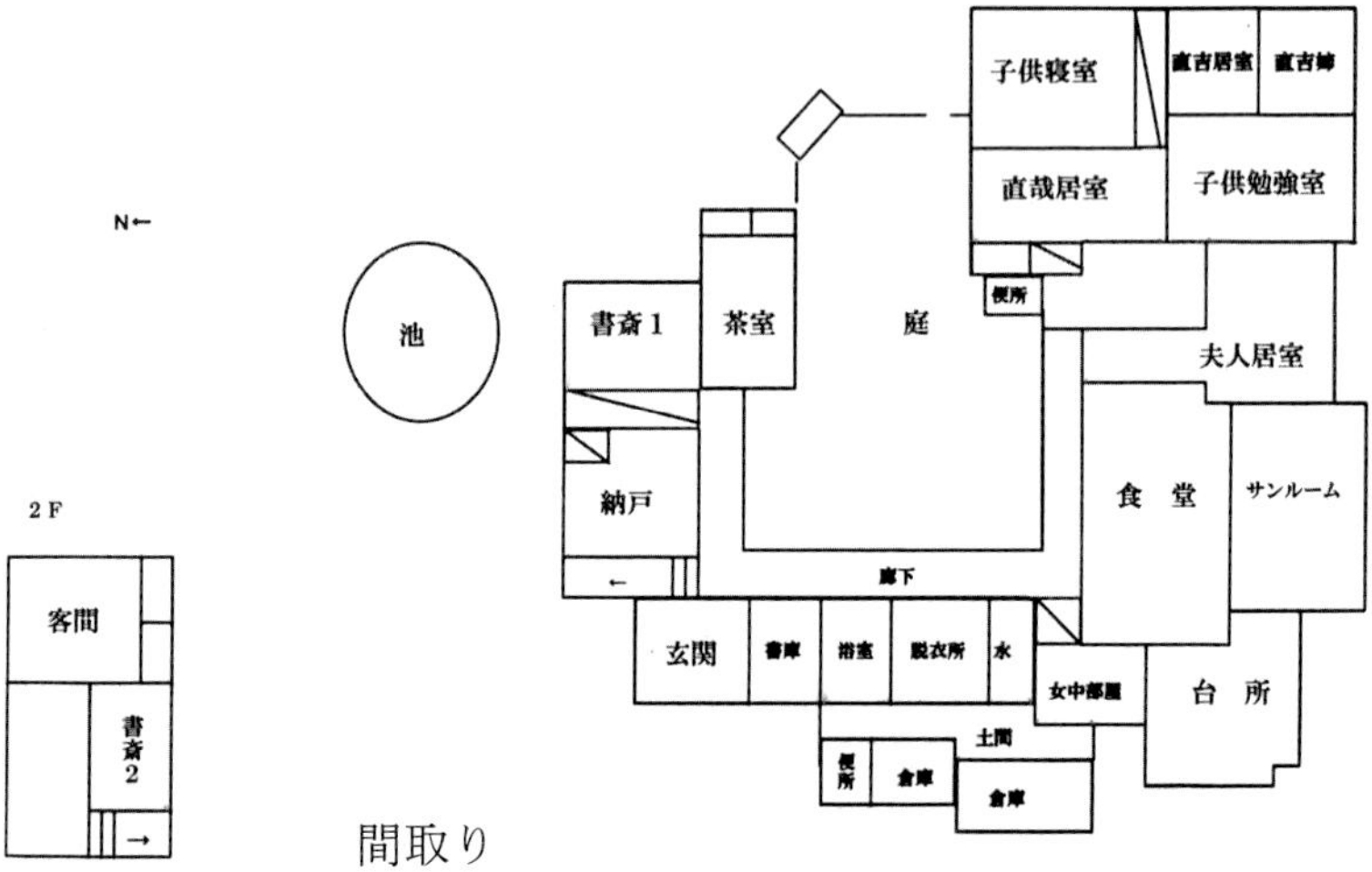

間取り

志賀直哉（しが　なおや）　小説家

明治16年～昭和46年（1883－1971）　宮城県石巻市出身

父・志賀直温は総武鉄道総裁、帝国生命保険取締役を歴任した明治財界の重鎮。直哉は学習院初等科、中等科、高等科を経て東大に進むが中退、豊かな財力にものを言わせて同じ環境の仲間と放蕩の限りを尽くした。中等科在学中に内村鑑三の講習会に参加し内村の魅力に惹かれて以後7年間師事した。

大正15年（1926）に柳宗悦の勧めで千葉県我孫子の印旛沼の畔に住み、同時期に移住した武者小路実篤やバーナードリーチと親交を結んだ。引越し魔などともいわれ、生涯で23回もの転居をしている。

小説の神様とも評される志賀直哉だが作品は短編がほとんどで「暗夜行路」が唯一の長編小説といわれる。また代表作「城崎にて」は、里美弴と芝浦へ夕涼みに行った帰りに山手線の線路添いを歩いていて電車に飛ばされ東京病院に入院し、大正2年に城崎温泉に行った時のことを3年半後に作品化したものである。

城崎温泉の宿は「三木屋」であり現存している。

他に「小僧の神様」「和解」「奈良」など等多くの作品がある。

昭和46年10月21日、肺炎と老衰により逝去、享年88才。

葬儀委員長は里美弴、骨壺製作は濱田庄司。

柳生藩家老屋敷　山岡荘八旧居

奈良県奈良市柳生　★県指定文化財

棚田の早苗が風に揺れ、水面がきらきらと光っている。その向こうの高台に石垣と長い白塀が見える。見事な石垣は天保12年（1841）に尾張国の石工が築いたものという。塀の向こうに光る甍が、作家・山岡荘八が愛した柳生の家である。山岡は昭和39年にこの屋敷を買い取り、しばしばこの柳生の里に滞在した。柳生ブームともなったＮＨＫ大河ドラマ「春の坂道」の原作もこの屋敷でその構想を練ったといわれる。山岡荘八亡き後、遺族の山岡賢二夫妻から奈良市に寄贈されて公開建築となった。

建物は柳生藩一万石の家老・小山田主鈴の隠居宅である。竣工は嘉永元年（1848）六月。主鈴は安政３年（1856）に逝去したが子孫は廃藩後もここにとどまった。蔵などは撤去されたが主屋は竣工当時のままで、奈良県下で唯一ともいえる武家屋敷の遺構である。書院造りでやや武骨な印象を受けるが、隠居宅のためか規模も小さく質実で嫌味がない。

作家所縁の家で武家屋敷は稀で、そんな興味もあって訪ねたが創作活動の遺香は少なく、家の魅力に優るものは、屋敷を包む緑豊かな柳生の里の風景であった。

2016.06撮影

殿様用客間から見た縁周り

屋敷遠望。濃い緑を背に白く長い塀がきわだつ／上
左右に白壁が続く門／中　殿様用客間だが質実な意匠である／下

取材協力：奈良市観光戦略課

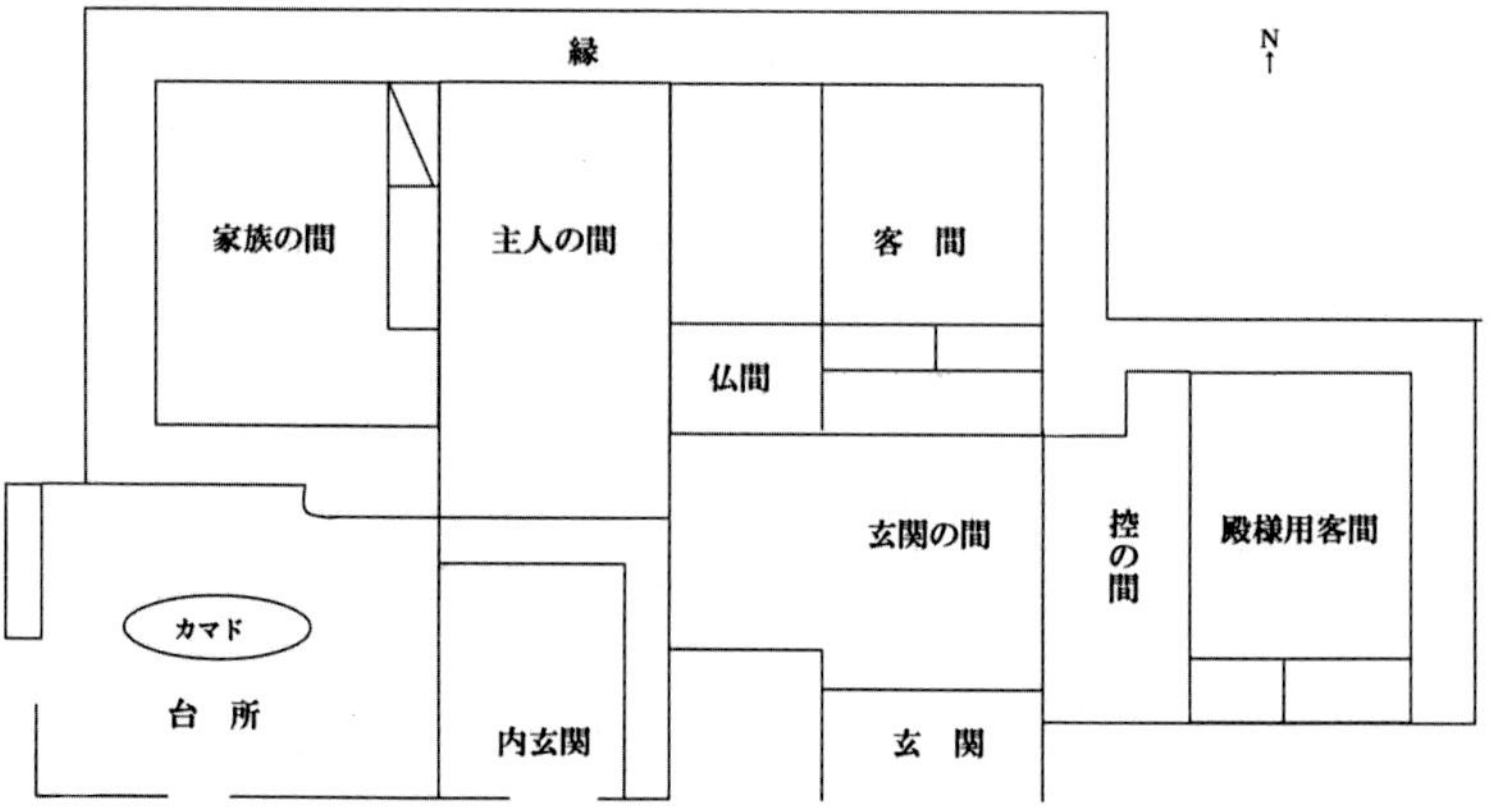

山岡荘八（やまおか　そうはち）　本名・藤野庄蔵

明治40年~昭和53年（1907~1978）

新潟県魚沼市出身

魚沼の山内家に生まれ、後に後妻の実家である藤野家に入り藤野姓を名乗った。昭和25年（1950）より北海道新聞に「徳川家康」を連載、のちに中部新聞や神戸新聞にも拡大した。昭和28年から単行本化してベストセラーとなり昭和42年完結。吉川英治文学賞、紫綬褒章などを受賞している。一方で自衛隊友の会なども務めた。

交友関係は豊かだったが、作家の長者番付1位になるなどはあったが、特にドラマチックな出来事は少ない人生だったようである。作品に「徳川家康」「坂本龍馬」「水戸黄門」など歴史小説が多い。

寺内町の旧家　石上露子生家（杉山家住宅）

大阪府富田林市富田林町14－31　★国指定重要文化財

戦国時代（1467－1562）に、寺内町と呼ばれる宗教自治都市が各地にできた。寺内町は寺の境内に接して形成された都市集落で、大名、領主などの干渉を排除して独自の自治を確立した町である。富田林もその一つであり、現在は重要伝統的建造物群保存地区に指定されている。18世紀になって近在村々に綿作りや菜種作りが盛んになるとその買取りや加工する問屋が増え、富田林は石川谷における産業の中心として、醸造、油搾り問屋、河内木綿問屋などが軒を連ねて繁栄した。

杉山家は、富田林八人衆の筆頭年寄で「わたや」と号した。富田林寺内町造営当初から関わり、当初は木綿問屋を営み、江戸中期に酒造業を始めて河内酒造業の肝入りを勤めた大商家である。明治時代に、灘、伏見などの大規模酒造所ができると衰退し、廃業した。現存する主屋の竣工は、土間部分が17世紀中期で最も古く、その後に二階部分を増築、延享４年（1747）頃にほぼ現状の形に整ったと考えられている。富田林寺内町の古い町家は農家型の平面で、煙返しなど農家的造りが見られる。

杉山家はこれら民家の中でも最も古い遺構である。

2012.04

取材橋梁：富田林市教育委員会

土間・入口方向見返し

入口を入ると中庭が見える広い土間がある。土間の右手に釜屋、左に座敷が並ぶ。天井は高く吹き抜けている。座敷は土間に面して、右が「台所」、左手が「格子の間」、その奥が「仏間」、仏間の奥に「大床の間」さらに進むと「角屋（つのや）」、その奥は「座敷」「奥座敷」と繋がっている。見応えのあるのは「大床の間」と「角屋」で、特に紅殻壁の角屋は華やかで素敵である。角屋端に小さな螺旋の洋風階段は、伝統的町家では意表を突かれるものだが、建築に変化を与える効果がある。建物の内外とも、全国の町家の中でも指折りの秀れた住宅建築である。

写真／正面外観

庭側外観

どの面も整った品格のある
表情をしている

小板橋

ゆきずりのわが小板橋
しらしらとひと枝のうばら
いづこより流れか寄りし
君まつ踏みし夕に
いひしらず沁みて匂いき

今はとて思い痛みて
君が名も夢も捨てむと
嘆きつつ夕渡れば
あゝうばらあともとどめず
小板橋ひとりゆらめく

石上露子（いそのかみ　つゆこ）　本名・孝（たか）　歌人

露子はこの家で明治15年（1882）に生まれた。20才の頃から「明星」などに作品を発表した。雅号は「夕ちどり」である。石上露子のペンネームの由来は現地でも訊いてみたが不明。作品は華麗さの中に憂いを含んだ作風で、富田林在住ながら中央歌壇で注目された。明治36年（1903）「新詩社」の社友となり、与謝野晶子、山川登美子、茅野雅子、玉野花子とともに新詩社の五才媛といわれた。旧家の家督を継ぐ宿命のために、初恋の人に対する叶わぬ思いを詠んだ「小板橋」は絶賛され、露子の名を不朽のものにした。26才で父親が決めた相手と結婚、夫に作家活動を禁じられ文学界から一旦身を引いたが、昭和6年（1931）活動を再開。この年、京都に移り母子の暮らしを始めた。昭和9年までである。

子供は四人生んだが、全て露子より先に他界した不運な母であった。露子が富田林に帰ったのは昭和21年（1946）である。明治の歌壇で「白菊の花」と例えられた美貌の歌人は、昭和34年10月8日脳溢血で息を引き取った、78才の波乱ともいえる生涯であった。

豪壮な旧家が彼女を押し潰そうとしたのかも知れない。不屈の精神がそれを押し返し、明治歌壇に見事な花を咲かせた。豪壮な建築もさることながら、一人の美しき歌人の人生はさらにドラマテイックで魅力的である。

倚松庵　谷崎潤一郎旧居

兵庫県神戸市東灘区住吉東町1－6－50
竣工／昭和4年（1929）

倚松庵（いしょうあん）は「細雪」の家とも呼ばれる。庵号は夫人「松子」に因み「倚」は頼る、頼むなどの意味があり「松子に寄りかかる」の意がある。太平洋戦争中、三度目の妻・松子夫人とその四姉妹の暮らしを題材にした「細雪」を執筆、作品内の幸子のモデルは松子夫人である

家は木造二階建の近代和風住宅建築である。谷崎は震災後に関西に居住し、昭和11年～18年までここを借りて住んだ。昭和17年に家主が明け渡しを要求したが「他の家が見つかるまで」と言い谷崎は動こうとしなかった。家主とは一悶着の末、結局、谷崎が詫び状を書いておりそれが残されている。当時の流行とも思われる和風ベースに洋間を造るといった折衷型だが、ほど良い広さの庭を持つ昭和の中産階級住宅というのが訪ねた時の印象である。現建物は平成元年2月に元の位置の一五〇m北に移転が決まり、平成2年6月に昭和10年前後の谷崎居住時の姿に復元され、同7月24日て開館した。2013.03撮影

谷崎は大正４年に石川千代子と結婚しているが千代子の妹に惹かれ夫人とは不仲となる。千代子に同情した作家・佐藤春夫が好意を寄せ三角関係となる。大正15年谷崎と佐藤は和解、昭和５年千代子と谷崎は離婚し千代子は佐藤と再婚した。この時三人連盟の声明文を発表したので「細君譲渡事件」として話題となった。この時の和解には志賀直哉が尽力したという話を奈良で聞いたが確証はない。

谷崎は昭和６年に古川丁未子と結婚したが３年で離婚し森田松子と結婚した。松子も再婚で既に一男一女があった。

谷崎は家族の避寒地として静岡県熱海市西山の別荘を購入し、昭和17年～20年までそこに住み「細雪」の執筆に専念した。18年に発表すると陸軍省報道部から世情に合わぬと掲載禁止処分を受けた。それにも屈せず書き続けて翌年には上巻を自費出版したが警察に発見され始末書を書かされた。時局も緊迫して家族も熱海に疎開してきたが、収入はなく生活は困窮したという。西山の別荘は「潤雪庵」として現存している。また兵庫県芦屋市にある「富田砕花旧居」も谷崎が一時暮らした家である。

昭和30年静岡県熱海に転居。33年右手麻痺、以後は口述筆記によって執筆した。

右　玄関廻り

左　応接間、奥は食堂

上　二階和室。
現在は書斎として復元されているが実際には執筆はここではなく敷地内に増築された書斎でされていたという。
下　庭に面した部屋。手摺や欄間の意匠も凝っており上質な住宅建築であることを物語っている。

取材協力：神戸市用地推進活用課

谷崎潤一郎（たにざき　じゅんいちろう）小説家

明治19年―昭和40年（1886-1965）東京日本橋人形町生まれ

幼い頃から文才があり「神童」といわれた。本人は「文章を書くことは余技」というほど他の学業にも優れた秀才だった。尋常小学校４年の頃、家業が傾き上級学校への進学も危ぶまれたが、彼の才能を惜しむ教師らの助言で家庭教師などをしながら府立第一高校（日比谷高校）に入学した。一高から東大英文科に進むが、後に学費未納で中退。在学中に和辻哲郎らと「新思潮」を創刊し、戯曲「誕生」や小説「刺青」を発表した。早くから永井荷風によって「三田文学」誌上で称賛され期待された。その後「痴人の愛」「卍」などの耽美的作品を次々に発表。美意識の達人としての思想は「陰翳禮讃」の評論が注目を浴びた。

昭和30年静岡県熱海に転居。戦後は高血圧悪化、昭和33年右手麻痺、以後は口述筆記によって執筆するなど闘病の日々だったが「鍵」「瘋癲老人日記」などの傑作を発表し、ノーベル賞候補にも7回なっている。

昭和40年腎不全に心不全を併発して逝去、享年79才。

◆主な作品「痴人の愛」「卍」「春琴抄」「細雪」「台所太平記」「陰翳禮讃」など。

望郷詩人の洋館　佐藤春夫旧居

和歌山県新宮市新宮1・熊野・新宮速玉大社境内
竣工／昭和2年（1927）　設計／大石七分

佐藤春夫は故郷をこよなく愛した「空青し　山青し　海青し」と詠って「望郷詩人」とも呼ばれた。
「佐藤春夫記念館」は昭和2年に建てた東京都文京区関口町の自邸を故郷の新宮に移築したもので、設計は西村伊作の弟の大石分七である。大石が設計者であることは春夫が父宛に書いた手紙に「家の設計、大石七分がやり面白いが一万円くらいかかりそう」とあるという。春夫と七分の建設におけるやり取りはきっと面白かったに違いあるまい。延床面積232㎡、木造（一部鉄筋）二階建。外壁は淡い紫の近代洋風住宅建築。玄関扉の小窓はマジック・ミラーである。現在受付になっている所は元書生部屋である。内部の見所はなんといっても、1階にアーチ窓が並ぶ吹き抜け空間で、2階部分は元は外に張り出したバルコニーだったが雨漏りがするようになり、バルコニーの屋根も窓も全面ガラスのサンルームに改造したという。ダンロのある応接間はやや中国趣味も混ざる折衷デザインである。八角塔の二畳の書斎は佐藤が好んだもので、窓の向こうに神社の緑があり、その先を熊野川が流れる。

2022.11撮影

豊に外光を取り込む開放感溢れる吹き抜け空間

上右　応接間
洋風のマントルピースが設けられている
一方で東洋趣味の調度品も混ざる折衷空間
上左　吹抜け空間の一階部分にはアーチ窓が並ぶ
下　二階和室前の階段

佐藤春夫（さとう　はるお）　和歌山県新宮市生まれ　詩人・小説家

明治25年4月9日ー昭和39年5月6日（1892ー1964）

佐藤家は代々医業で父の豊太郎で九代を数えている。父は正岡子規に師事した文人でもある。明治42年（1909）与謝野寛が来熊し強い影響を受け、春夫は生涯師と仰ぐことになる。翌年慶応大学入学し永井荷風に学ぶ。大正7年に谷崎潤一郎の推薦により文壇にビュー。続々と作品発表し流行作家となる。大正10年（1921）「秋刀魚の歌」を発表。処女詩「情詩集」刊行。昭和5年（1930）谷崎潤一郎前夫人の千代と結婚。昭和11年文化学院の文学部長となる。昭和39年5月自宅でラジオ番組収録中に急逝。享年72才。

大石七分（おおいし　しちぶん）明治23年ー昭和35年（1890ー1959）

愛知県名古屋市生まれ

一才の時大地震で両親を失い叔母・大石くわに育てられる。同志社普通学校卒業後16才で渡米、ボストンの高校に入学。7年ほど滞在して帰国後、本郷の菊富士ホテルに暮らし、高等遊民的な暮らしをしていた。七分は絵がうまく伊作から住宅設計なども頼まれたが、派手な暮らしを好み奇行もあったという。京都時代とパリ時代に発狂し二度精神病院に入院している。渡仏しパリで娼婦と同棲、伊作に説得されて妻子の元に戻り、伊作の援助で暮らしたなどの経緯を持つ。春夫は大石の兄・西村伊作からの話などを参考に、パリ時代の七分の奇行を書いたのが小説「F・O・U」である。その後、家族で渡米。帰国してから阿佐ヶ谷に兄・伊作の家を設計、監修。自らも自邸を世田谷区に設計し家族と暮らす。七分とは変わった名前だが、敬虔なクリスチャンだった父・大石与平が聖書に登場するイサク（伊作）、マルコ（眞子）、スティーブン（七分）に因んでつけたものである。

白蓮の遺香　柳原白蓮旧居（旧伊藤伝右衛門邸）

福岡県飯塚市幸袋300　★国指定重要文化財

ＮＨＫ朝ドラマ「花子とアン」の蓮さまで広く知られるようになった伊藤伝右衛門邸を雑誌の撮影で訪ねたのはは平成３年（1991）夏の事である。柳原白蓮（柳原燁子）が伝右衛門の後妻として嫁いできたのは明治44年（1911）で、その後10年の日々をここで送った。

訪ねた頃、二三〇〇坪の敷地と延床面積三〇〇坪の屋敷はその存続問題に揺れていた。訪ねる人もない。最も古い部分は明治30年（1897）の竣工で増築は大正と昭和である。旧長崎街道に面した大きな長屋門は福岡市内にあった「あかがね御殿」といわれた伊藤邸（焼失）から昭和９年（1934）に移築したもの。白蓮の部屋は増築された二階建の部分で宮大工は京都から呼び寄せている。一階の洋間のマントルピースはイタリア製、ステンドグラスはイギリス製。確かに豪で華やかさ贅沢さ山盛りである。この時代の地方の近代豪邸建築は概ねこんな顔をしており、どこかでパターン化もしていたのだろう。

撮影を終わって家を振り返る。白蓮と伝右衛門の葛藤の日々が染みついた家に、夏の黄昏が近づいていていた。

1991.07撮影

1階広間の奥に続く入側廊下、天井のデザインがモダンだ。

上／白蓮が居室に使用した二階座敷　　下／上質な造りの大広間

玄関脇のエリザベス様式の応接間。暖炉にはアールヌーヴォー的デザインのヴィクトリアンタイルが使用されている。

取材協力：飯塚市役所商工観光課

柳原白蓮（やなぎはら　びゃくれん）

本名・宮崎燁子（みやざき　あきこ）　歌人

明治18年10月15日−昭和42年2月22日（1885-1967）東京都出身

父は柳原前光伯爵、母は前光の妾の一人で新橋の芸妓・奥津りょう。生後7カ月目に柳原家に引き取られ、前光の正妻・初子の次女として入籍された。生母りょうは3才の時に病死。初子を母と定めて間もなく、当時の華族の慣習として品川の種物問屋に里子に出される、6才の時に柳原家に戻る。9才の時に子爵・北小路随光の養女となり、随光の手ほどきで和歌を学ぶ。15才で随光が女中に産ませた男子・資武（すけたけ）と強引に結婚させせられ息子・功光を出産した。愛情のない夫婦生活は破綻し、子供を残す約束で20才で離婚、東京の柳原家に戻ったが幽閉生活同然の暮らしが待っており、読書に明け暮れるだけの日々が4年間続いたという。一方で、勝手な再婚話が進んでいてたまらず家出し、姉・信子の計らいで兄・光義夫の世話になる。23才で東洋英和女学校に入学。ここで後に「赤毛のアン」の翻訳者となる村岡花子と親しくなる。この頃に姉の紹介で佐々木信綱が主宰する「竹柏会」にも入門している。明治43年（1910）25才の時、上野精養軒で筑豊の炭鉱主・伊藤伝右衛門（当時50才）との見合いをさせられる。見合いとは知らされていない会合であったという。結婚は、貴族院議員である義兄・光義の選挙資金獲得と、学問もない伝右衛門が家柄を求めた政略結婚ともいわれ「華族が令嬢を売り物に出した」と巷で話題になったと伝わる。

広大な敷地の旧伊藤伝右衛門邸

義兄・光義は不釣合な婚約に対して「出戻りですから・・」と答えたという。結婚式は帝国ホテルで盛大に行われた。

飯塚市幸袋の伝右衛門邸では花嫁を迎えるにあたり大改造が行われた。

結婚後も遊郭に通う伝右衛門の日常などがあり夫婦は対立、白蓮は辛い日々を短歌に寄せ竹柏会の機関誌「心の花」に歌を発表し続けた。佐々木信綱は、私生活の有様に驚き雅号の使用を勧め、信仰していた日蓮に因んで「白蓮」と名乗ることになった。大正４年（1915）処女作「踏絵」を自費出版、竹久夢二が挿絵を手掛けたこともあってか話題となり新聞にも取り上げられた。伝右衛門の多額な応援もあった。

大正９年（1920）単行本打ち合わせのため編集者・宮崎龍介が別府別邸に白蓮を訪ねる。宮崎は７つ年下の27才、二人はやがて恋仲となり白蓮は龍介の子を身籠る。大正10年伝右衛門の元を脱出、大阪朝日新聞に伝右衛門への「絶縁状」を載せた。世にいう「**白蓮事件**」である。

出奔後は二人の子が生まれ、龍介が病に倒れるなど過酷な貧乏生活が待っていた。昭和20年、終戦の４日前に息子の香織は戦死。昭和34年、皇太子と正田美智子の結婚には激しく反対している。

その後、緑内障で徐々に視力を失いながらも歌を詠み、昭和67年２月２日静かに永眠した。享年81才。

行くにあらず
帰るにあらず
居るにあらで
生けるかこの身
死せるかこの身

その他の作家の生家、旧居

原　阿佐緒

高浜虚子

萩原朔太郎

有島武郎旧居

北海道札幌市南区芸術の森2―5
竣工／大正2年（1913）竣工

有島が東北帝国大学農科大学（現・北大）の教授時代の札幌区（現・北区）北12条西3丁目有島自身がデザインして建てたといわれるマンサード屋根のモダンな洋風住宅。有島が使用したのは1年ほどでその後現在地に移築、保存された。開拓の村にも、半年ほど住んだ有島の旧居が移築されている。

有島武郎（ありしま　たけろう）
明治11年-大正12年（1878―1923）
小説家。作品「ある女」など。

原　阿佐緒生家

宮城県黒川郡大和町宮床字八坊原19―2

生家は祖父と父が建てたもので竣工は明治16年（1883）。伝統的な土蔵造の擬洋風建築で内外共に和洋折衷である。現在は「原阿佐緒記念館」として一般公開している。写真は公道から見た外観。

原阿佐緒（はら　あさお）本名・浅尾
明治21年～昭和44年（1888―1969）　歌人

九条武子、柳原白蓮らと共に美貌の歌人として知られる。子供は長男・原千秋は映画監督、次男・原保美は俳優でテレビドラマなどで活躍した。保美の妻は画家・中川一政の長女・桃子、縁者に菅原文太や大塚弘がいる。

生きながら
針に貫かれし
蝶のごと悶えつつ
なほ飛ばむとぞする
阿佐緒

天田愚庵旧居

福島県いわき市平古鍛冶町47―1
松ケ岡公園　★★国登録文化財
竣工／明治33年（1900）

入母屋造、茅葺。東西に座敷と茶室を並べ東南隅に仏間を設ける。細身の皮付柱を基調に端正にまとめ、座敷飾りは松と竹の丸太を用いて造るなど近代の文人趣味を表す数奇屋建築。昭和41年（1966）京都伏見から移築、復元した。

天田愚庵（あまだ　ぐあん）
幼名・久五郎　歌人・武士
嘉永7年～明治37年（1854―1904）
一時期、侠客・清水次郎長の養子となるなど多彩な人生を持つ。

朝咲きて
夕には散る
沙羅の木の
花の盛りを
見れば悲しも
愚庵

萩原朔太郎生家

群馬県前橋市城東町1ー2ー19

生家は広瀬川沿いの公道に面して移築されている。元は前橋市北曲輪にあった。建物は書斎、離れ座敷、土蔵で母屋はない。書斎は生家の裏庭にあったもので元は味噌蔵として使用されていた建物を改造したもの。外観は和風だが内部は洋風で朔太郎自身が考えたものである。離れ座敷は明治25年（1892）年頃、土蔵は明治34年頃の竣工である。

萩原朔太郎（はぎわら　さくたろう）
明治19年ー昭和17年（1886ー1942）
詩人。大正6年に第一詩集「月に吠える」を自費出版し森鴎外の絶賛を得るなどして詩壇の寵児となった。

離れと土蔵

徳富蘆花旧居　★都指定史跡

東京都世田谷区粕谷1-20-1・蘆花恒春園

明治中期竣工の茅葺民家で明治40年にここに転居し20年間を過ごした。蘆花は家について「買った当時の家は、出来てまだ十年位の比較的新しいものだが普請はお話にならぬ。安普請の後も、手を入れなかったので壁は落ち放題、床の下は吹通し雨戸は反って屋根藁は半腐り黄色い雨が漏る」などと書いている。ここでの6年間の生活記録を書いたのが「みみずのたわこと」。

徳富蘆花（とくとみ　ろか）　小説家
本名・徳富健次郎　熊本県水俣市生まれ
（明治元年ー昭和20年（1868-1927）
徳富蘇峰の弟。代表作「不如帰」。

旧居の秋水書院は明治43年に起きた、幸徳秋水事件の政府の対応に対する蘆花の抗議の気持ちを表すために付けられたといわれる

江戸川乱歩旧居　★区指定文化財

東京都豊島区池袋3ー34ー1

主屋はは昭和32年（1957）竣工、土蔵は関東大震災直後に建てられたため、地震に強い耐震工法で建てられている。外壁が珍しい鼠漆喰で仕上げられている。乱歩はこの蔵で執筆したといわれる。

江戸川乱歩（えどがわ　らんぽ）小説家
明治27年ー昭和40年（1894ー1965）
三重県名張市生まれ。本名は平井太郎
乱歩のペンネームは敬愛するアメリカの文豪・エドガー・ア・ランポーをもじったもの。作品に「怪人二十面相」「黒蜥蜴」「少年探偵団」などの探偵小説が多い。。

主屋は昭和32年（1957）乱歩により設計されたもの。土蔵は大正13年（1924）竣工で文化財指定は土蔵のみ。

室生犀星旧居

長野県北佐久郡軽井沢町
大字軽井沢979-3・室生犀星記念館

旧居は昭和６年（1931）に建てられた別荘を改修したもので犀星は昭和36年までの夏を過ごした。家では立原道造川端康成、志賀直哉、堀辰雄らとの交流があった。昭和19年～24年まで一家で疎開生活をした家でもある。

室生犀星（むろう　さいせい）
本名・室生照道　詩人・小説家
明治22年～昭和37年（1889-1962）
石川県金沢市生まれ
作品に「愛の詩集」「あにいもうと」「杏っ子」などがある。

きりふかき
しなののくにに
こほろぎの
あそぶお庭を
我はつくるも
犀星

高浜虚子旧居「虚子庵」

長野県小諸市与良町２－３－24

北国街道沿いにある小住宅である。作家の旧居とはいえ、疎開先の家とは一般的にはこんな感じである。虚子は散歩を好んだが悪天候でできないと家の狭く短い廊下を何回も往復した廊下散歩の家である。

高浜虚子（たかはま　きょし）
本名・高浜　清　俳人・小説家
明治７年～昭和34年（1874-1959）
愛媛県松山市生まれ
正岡子規に兄事して俳句を習う。物欲、出世欲のない高潔な人物であり、生涯に詠んだ句は20万句といわれる。

秋晴れて
浅間仰ぎて
主客あり
虚子

岡麓旧居　★町指定文化財

長野県北安曇郡池田町会染10525

家は国道からの小径を僅かに入った所にある木造平屋の小住宅である。岡が東京空襲を逃れて安曇野に疎開、池田町の仮寓に入ったのは昭和20年5月26日であった。以後、没するまでをこの家で暮らした。

岡麓（おか　ふもと）　本名・三郎
歌人・書家　東京都生まれ
明治10年～昭和26年（1951-1877）
正岡子規に師事。疎開してから出した歌集は「涌井」「冬空」と亡くなるまでに三年間の歌二九〇首ほどを纏めた「雪間草」である。

しなのじは
さむしといえど
ゆく水の
ながれによもぎ
つむべくなりぬ
麓

相馬御楓生家　★県指定史跡

新潟県糸魚川市大町2-10―1
木造二階建のつつましい住宅建築で、竣工は昭和3年（1928）。
相馬御楓（そうま　ぎょふう）
本名・昌治（しょうじ）
明治16年～昭和25年（1883-1950）
新潟県糸魚川市出身。詩人・歌人・評論家。早稲田大学卒業。
相馬家は代々社寺建築を生業とした旧家である。御楓は野口雨情、三木露風らと共に「早稲田詩社」を設立し口語自由詩運動を広めた人であり、母校校歌「都の西北」や童謡「春よ来い」の作詞者であり良寛研究の第一人者として知られる。

大そらに
静かにしろき
雲はわく
しづかに我も
生くべき
ありけり
御楓

山川登美子生家（現・記念館）

福井県小浜市千種1―10―7
竣工／明治43年（1910）頃★国登録文化財
生家は登美子の実父である第25国立銀行頭取・山川禎蔵が建てたものである。主屋、離れ、土蔵、表門、中門＝が国登録文化財。
山川登美子（やまかわ　とみこ）本名・とみ
明治12年～明治42年（1879-1909）　歌人
大坂の梅花女学校卒業。与謝野鉄幹が創設した「明星」の社友となる。鉄幹を慕い与謝野晶子の恋敵となるが親の勧めで山川七駐郎と結婚。翌年夫が結核で死亡、明治36年婚家を離別し生家に復籍。自身も結核で明治42年4月で29才で夭折した。

冨田砕花旧居

兵庫県芦屋市宮川町4―12
砕花は大正9年に結婚してからは芦屋に暮らした。この家は昭和14年（1939）5月から昭和59年10月に93才で無くなるまで暮らした場所である。現在は延床面積27坪弱の木造平屋住宅。昭和9年に谷崎潤一郎が住んで松子と暮らした家で「打出の家」と呼ばれた。旧書斎と戦後砕花が建てた母屋、管理棟、庭園で構成されている。
冨田砕花（とみた　さいか）
本名・戒治郎　詩人・歌人
明治23年～昭和59年（1890-1984）
岩手県盛岡市出身
民衆詩派の旗手といわれた詩人である。

細雪
源氏の君の
かかわりを
わが庭に残す
擬春日灯篭
谷崎潤一郎が住んで
いた頃を懐かしんで
砕花が詠んだ歌。

森　鷗外旧居　★国史跡

福岡県北九州市小倉区鍛冶町1-7-2

明治36年（1903）旧陸軍軍医部長として小倉に赴任した折に一年半住んだ寓居で竣工は明治30年頃。6間からなる木造平屋住宅。鷗外は主に8畳と南側に続く小座敷を使用していたという。

森鷗外（もり　おうがい）

本名：森林太郎　小説家・医師

文久2年～大正11年（1862-1922）

島根県津和野町出身（生家が残る）

東大医学部卒業後、陸軍医師になりドイツでも4年を過ごす。帰国後小説「舞姫」等を発表し文芸雑誌を創刊するなどして文筆活動に入った。作品に「雁」「高瀬舟」などがある。

下は津和野の生家

北原白秋生家（白秋資料館）

福岡県柳川市沖端町55－1

★国指定重要文化財　昭和44年復元

生家は昔は「油屋」「古問屋」等と呼ばれる海産物問屋だったが、後に柳川の代表的な酒蔵となる。最盛期には毎年三千石の酒を仕込んだといわれる。当時の屋敷は一町二反という広大な敷地を持ち屋敷内に掘割があった。

北原白秋（きたはら　はくしゅう）

詩人・歌人。本名・隆吉。

明治18年～昭和17年（1885-1942）

優れた童謡作品を次々に生んだ有名な詩人である。作品に「からたちの花」「ペチカ」「城ケ島の雨」「ちゃっきり節」などがある。

童子童子
からたちの
花が咲いたよ
白秋

若山牧水生家

宮崎県東臼杵郡東郷町大字坪谷3

竣工／弘化2年（1845）★県史跡

坪川の清流沿いあるこの家で牧水は中学入学までの少年時代を家族と過ごした。家は祖父・建海（医師）によって建てられた。一階は診療所として使われた木造二階建の併用住宅である。

若山牧水（わかやま　ぼくすい）本名：繁

明治18年～昭和3年（1885-1928）　歌人・書家

早稲田大学卒業。旅を愛し生涯に亘って全国を旅して各地で歌を詠み、多くの歌碑がある。鉄道旅行が好きで旅行記の先駆ともいえる随筆も残している。大変な酒好きで一日一升の酒を飲んだと言われ、死の要因は肝硬変である。

人の世に
たのしみ多し
しかれども
酒なしにして
なにのたのしみ
牧水

あとがき

私が始めて作家所縁の家を訪ねたのは昭和62年12月、津軽の太宰治生家（津島家）であった。太宰を訪ねたのではなく、生家を設計した棟梁・堀江佐吉の取材であった。その時、私の心に残ったのは家ではなく、太宰が育った地吹雪舞う厳しい津軽の風景であった。

二軒目は筑豊の伊藤伝衛門邸だった。家には美貌の歌人・柳原白蓮の遺香が流れていた。白蓮の激しい人生を知ると、他の作家、歌人たちが気になりだし折々にそれらの人達の生家や旧居を訪ねた。そこには作家たちの様々な光と影の日々が染みつき、刻まれていた。家の造作などにはそれ以上の興味は湧かなかった。

訪ねたい人々、家々はまだ半分だが、己に人生の終焉が近づいている。それでもあと一人、あと一軒と訪ねたいとは思う。命の灯消ゆる時まで。

二〇二三　水無月　著者

作家たちの遺香

二〇二三年七月一〇日発行
定価一五〇〇円＋税
著者・宮本和義
編集・デザイン　アトリエＭ５
協賛：オプトグラフ合同会社
販促・宣伝協力（株）リモートワーク
印刷・製本　協友印刷株式会社
発行　アトリエＭ５

FAX　042-978-9292
E-mall：kazu_44@beetle.ocn.ne.jp

＊お問い合わせはメールのみでお願い致しします。不在が多いため長くお返事できないことがございますのでご了承下さい。
＊落丁、乱丁本はお取替えします